Des adieux au prince

KIM LAWRENCE

Des adieux au prince

Traduction française de
CÉLIA VAL

AZUR

HARLEQUIN

Collection : Azur

Titre original :
WAKING UP IN HIS ROYAL BED

HARPERCOLLINS FRANCE
83-85, boulevard Vincent-Auriol, 75646 PARIS CEDEX 13
Service Lectrices — Tél. : 01 45 82 47 47 - www.harlequin.fr
ISBN 978-2-2804-6150-4 — ISSN 0993-4448

Composé et édité par HarperCollins France. Achevé d'imprimer en août 2021.
par CPI Black Print - Barcelone - Espagne
Dépôt légal : septembre 2021.

MIXTE
Papier issu de sources responsables
FSC® C159065

Pour limiter l'empreinte environnementale de ses livres, HarperCollins France s'engage à n'utiliser que du papier fabriqué à partir de bois provenant de forêts gérées durablement et de manière responsable.

1.

Cédant à la tentation de garder encore un peu les paupières closes, Béatrice se lova voluptueusement contre le corps mâle et musclé qui…

Un corps mâle et musclé ? Dans son lit ?

Le choc la propulsa hors du sommeil en même temps que lui parvenait du rez-de-chaussée la voix mélodieuse de sa sœur.

Visiblement, celle-ci avait récupéré de sa migraine. Elle chantonnait une rengaine éculée, de celles qui vous restent toute la journée dans la tête.

La différence entre elle et sa sœur, outre le fait que Maya était brune, qu'elle n'avait pas les yeux bleus et que tous la jugeaient fragile et délicate, c'était que sa cadette se levait facilement, le sourire aux lèvres et le pas sautillant. Elle était du matin, elle chantait absolument juste… Et elle ne se serait jamais réveillée à côté d'un homme rencontré la veille dans un bar et qu'elle aurait ramené chez elle au bout d'à peine quelques minutes.

Béatrice se couvrit le visage de ses mains, le temps de surmonter sa honte. Puis elle écarta les doigts en éventail pour se rendre compte de la situation.

Peut-être tout ceci n'était-il qu'un mauvais rêve ?

Non, ce n'était pas un rêve. Son regard paniqué buta sur ce corps parfait qui, alors qu'il était habillé de pied en cap, avait fait se retourner avec envie toutes les femmes présentes dans le bar la veille, et sur ces yeux sombres, frangés de cils trop épais et trop recourbés pour appartenir à un homme, qui semblaient ne pas vouloir la quitter.

Elle y lut un amusement ironique qui lui fit refermer immédiatement les doigts avec un gémissement angoissé.

Si seulement elle avait pu se rouler en position fœtale, échapper au réel, disparaître sous les draps !

Mais, déjà, il avait glissé son bras autour d'elle et, si son cerveau refusait la situation de toutes ses forces, son corps s'amollissait. Une vague de chaleur vint la titiller du plus profond d'elle-même, la retenant de s'écarter.

Une voix grave, séduisante, dont le souffle lui chatouilla le lobe de l'oreille, fit monter une vague de désir dans son bas-ventre.

— Pourquoi se presser ?

Les yeux clos, elle émit un soupir frémissant qui se transforma en gémissement d'aise alors que le corps dur de l'homme se modelait au sien, lui offrant tant de bonnes raisons de répondre au désir qui l'assaillait que sa résistance finit par se dissoudre.

Pendant un long et délicieux moment, elle s'autorisa à apprécier le toucher des mains fortes et sensuelles qui montaient vers ses seins. Lorsqu'une paume se referma sur l'un d'eux et qu'un pouce vint en exciter la pointe dressée, elle avala sa salive, aussi choquée que ravie.

— Dante, Arrête !

D'où cette injonction lui venait-elle ? se demanda-t-elle, frustrée, alors qu'il obéissait. Elle s'écarta en se trémoussant un peu et, instinctivement, attrapa entre ses dents le pouce qui caressait son sein un instant plus tôt.

— Sois bonne joueuse, Béatrice. Ne t'amuse pas avec ça…

Avant d'avoir pu répondre à la voix rauque qui formulait cette remontrance, elle se retrouva sur le dos.

Ce n'était pas la force physique de l'homme qui la maintenait à sa merci, elle aurait pu se dégager si elle l'avait voulu. Il avait posé les mains à plat de part et d'autre de sa tête, ses genoux encadraient ses hanches, et son buste se dressait au-dessus d'elle, laissant de l'espace entre leurs deux corps.

Non, ce qui la maintenait immobile, c'était le désir cru qui s'emparait d'elle alors que son regard noir, un vrai regard de prédateur, détaillait son visage et s'arrêtait sur ses lèvres encore gonflées des baisers de la veille, témoin des moments passionnés où ils s'étaient arraché leurs vêtements avant de rouler sur le lit.

Elle avait besoin d'air, l'oxygène lui manquait. Elle sentit ses yeux s'embuer au souvenir de leur étreinte, et le stress qu'elle avait ressenti en le découvrant à ses côtés revint en force alors qu'elle le dévisageait.

Elle ne parvint à s'arracher au magnétisme de son regard que pour contempler sa bouche, dont la vue acheva de pulvériser son système nerveux. Cette bouche était d'une sensualité sans pareille, la fermeté de sa lèvre supérieure contrebalancée par les contours ourlés de sa lèvre inférieure. Les traits de cet homme étaient un miracle de perfection. Sculptés avec précision, ils s'harmonisaient avec une peau brun doré qu'une ombre de barbe rendait encore plus sexy…

Elle cligna rapidement les yeux et se racla la gorge.

— Il n'est pas question de jouer, souffla-t-elle.

Chaque mot lui avait demandé un effort.

Mais Dante abaissa vers elle son beau visage aux pommettes tranchées, et tout se brouilla.

Le premier baiser fut un murmure tiède et tentateur sur ses lèvres entrouvertes. Il lui arracha un gémissement entrecoupé. Le deuxième, toujours tendre, sur le côté de sa bouche, la fit se cambrer pour tenter d'en profiter plus pleinement. Ceux qui suivirent devinrent une telle torture qu'elle plongea les mains dans la chevelure noire et épaisse de son partenaire et, le regard rivé à ses yeux noirs étincelants, pressa sa bouche contre la sienne.

Abandonnant toute retenue, ils s'embrassèrent avec fureur, leurs corps se cherchant frénétiquement, mus par une faim qui, chez elle, oblitérait toute pensée.

— Béatrice, tu descends, ou je te monte le café ?

La voix de sa sœur la ramena brutalement à la réalité. Elle se raidit, puis s'arracha avec une plainte de frustration au corps tiède contre lequel elle se pressait.

— Idiote, triple idiote ! marmonna-t-elle, furieuse contre elle-même, alors qu'elle pivotait, ses jambes traçant un gracieux arc de cercle en sortant du lit.

Elle se saisit du drap, s'enroula dedans – une maigre protection mais c'était toujours mieux que rien – et se précipita vers la porte, conjurant dans son esprit le scénario catastrophe où Maya ouvrait et passait la tête par la porte.

— Je descendrai tout à l'heure, ne m'attends pas ! cria-t-elle en dévisageant d'un œil affolé l'homme qui se prélassait dans son lit et qui, lui, n'avait pas l'air de s'en faire, allongé sur le dos, un bras replié sous la tête, visiblement à l'aise dans sa nudité.

Tant mieux pour lui, mais ce n'était absolument pas le cas pour elle. Il était tellement parfait, à l'image d'une sculpture antique, que le simple fait de le regarder la chavirait.

Le pli ironique de sa bouche jurait avec la sombre frustration qu'elle lisait dans son regard, fixé sur ses seins dont le drap qu'elle serrait contre elle dessinait les rondeurs.

— Ce n'est pas de café que nous avons besoin, *cara*.

Le défi sensuel dans les yeux de Dante l'aurait fait basculer si la voix de sa sœur n'avait encore retenti depuis le rez-de-chaussée.

— Oh ! Seigneur…

Son invocation fit sourire Dante, d'un lent et diabolique sourire qui était plus qu'une invitation.

Elle avait failli céder à son offre diabolique, à ses yeux tentateurs… Encore ! Non, il fallait qu'elle remonte cette pente, une fois suffisait !

Ou, plutôt, c'était une fois de trop.

Elle s'arracha au dangereux vortex sexuel qui menaçait de l'engloutir et affermit sa voix.

— Deux minutes, Maya, lança-t-elle.

Son regard se posa une fois encore sur les formes parfaites du corps étendu devant elle et se fit accusateur, même si elle savait que la culpabilité était largement partagée.

— Ne rends pas les choses plus difficiles, reprit-elle à l'adresse de Dante. Tu dois filer !

Les épais sourcils sombres se relevèrent en un simulacre d'étonnement.

— Et pourquoi donc ?

Oh ! pourquoi était-elle aussi faible devant lui ?

— Est-il besoin de poser la question ?

Il se redressa pour s'asseoir, et elle vit jouer ses muscles abdominaux en acier.

— Béatrice, je ne vois pas où est le problème.

— Tu ne vois pas ?

Elle s'arracha à la contemplation de son anatomie pour lui décocher un regard indigné, ce qui laissa un instant de répit à ses hormones.

— Non, répondit-il, feignant parfaitement l'innocence. Au cas où tu l'aurais oublié, nous sommes mariés, *cara*.

[illegible]

le pas sur [illegible] noyant les signaux pré[illegible]eurs de la
[illegible]

2.

Laissant échapper un sifflement de défi entre ses dents serrées, Béatrice refusa de baisser les yeux.

Celui qu'elle affrontait n'était autre que Dante Aristide Severin Velazquez, prince de San Macizo. Son époux.

— Si seulement je pouvais l'oublier, gronda-t-elle, animée par une rancœur qui jurait avec le processus civilisé de leur divorce.

Quelles étaient exactement les conditions d'un divorce dit « civilisé », elle n'en savait trop rien, mais elle était sûre que cela excluait le type de nuit passionnée qu'elle venait de vivre avec son futur ex-époux.

Le bon côté des choses, c'était que son irritation dissimulait assez bien le désespoir sans bornes qu'elle ressentait.

Tout le monde fait de mauvais choix un jour ou l'autre, mais le jour où Dante Velasquez avait surgi dans sa vie marquait pour elle le début des choix désastreux.

Elle avait toujours fonctionné selon un principe simple : il faut vivre avec les conséquences de ses décisions. Ou au moins naviguer au mieux pour éviter les pires écueils. Mais la veille, quand Dante était apparu, elle avait oublié toute sa belle philosophie. Ses talents de navigatrice s'étaient évaporés. Les instincts primitifs qu'il avait réveillés en elle se moquaient bien des conséquences ! Ils avaient pris le pas sur sa raison, noyant les signaux précurseurs de la catastrophe. Elle n'avait pas entendu le moindre signal, il n'y avait eu que ce désir impérieux qu'il fallait satisfaire. Dante était une drogue à laquelle elle n'avait jamais pu résister, un virus contre lequel elle ne produisait aucun anticorps. On aurait pu croire qu'elle n'avait pas eu le choix dans toute cette affaire, mais en fait, si. Elle avait su ce qu'elle faisait, à chaque étape du chemin. Quand elle avait accepté son offre de dîner ensemble, elle se doutait bien qu'il ne s'en tiendrait pas là. Pas besoin de taper son nom dans un moteur de recherche pour savoir qu'il représentait *le* danger, celui qu'elle avait passé toute sa vie d'adulte à éviter.

Jamais elle n'aurait cru pouvoir ressentir une telle attirance pour un homme qu'elle ne connaissait pas, au point de partager avec lui l'expérience la plus intime. Si on lui avait prédit que cela arriverait, elle aurait souri, forte de la certitude que toute relation sérieuse ne peut être issue que d'un mélange d'amitié et de respect.

Et pourtant, elle avait couché avec Dante Velasquez dès le premier soir. Elle était si farouchement déterminée à voir leur soirée se terminer dans un lit qu'elle s'était bien gardée de lui dire qu'il était le premier, au cas où cela l'aurait fait reculer.

Et elle avait bien fait car, en le découvrant, Dante n'avait pas apprécié la surprise. Il avait précisé d'un ton rogue que les vierges, ce n'était pas pour lui. L'affaire aurait pu s'arrêter là. Elle aurait *dû* s'arrêter là, mais elle s'y était refusée. Elle lui avait rétorqué que, à présent qu'elle n'était plus vierge, il y avait un obstacle de moins entre eux. Sa repartie avait fait rire Dante. Et il avait ri encore plus quand elle avait prétendu que cette virginité n'était pas un choix de sa part, qu'elle n'avait pas spécifiquement décidé de se garder pour l'homme de sa vie, et que l'explication, c'était en fait qu'elle n'avait pas été très physique jusque-là.

Ils avaient passé les trois jours suivants entre les draps, à confirmer cette théorie sans que rien ni personne ne les ait dérangés. Le penthouse offrait une vue magnifique mais Béatrice ne l'avait jamais regardée. Elle savait que ce nirvana ne durerait pas et savourait chaque instant de cette relation torride. Dante n'avait pas caché ses vues sur la question : les relations sérieuses ne le concernaient pas, ni même les relations tout court, avait-il précisé sans ambiguïté aucune.

Elle le savait déjà, car elle s'était renseignée sur Internet : si un dixième des femmes avec lesquelles il était censé avoir couché existaient vraiment, où trouvait-il le temps de s'occuper si bien de la fondation charitable qu'il avait créée ? Est-ce qu'il dormait la nuit ?

Oui, en fait, et elle était bien placée pour le savoir. Elle l'avait observé, fascinée par la façon dont ses traits durs se détendaient dans le sommeil, le rajeunissant, lui donnant presque l'air vulnérable.

À le regarder ainsi, elle avait éprouvé une terrible sensation de vide. Car il n'avait pas manqué une occasion, au cours du week-end, de lui rappeler qu'il n'y aurait pas de suite.

— C'est simplement du sexe. Tu le sais, n'est-ce pas ?

La bulle merveilleuse où elle s'était blottie tout le week-end avait éclaté le lundi matin, quand elle l'avait trouvé à la porte en costume, image parfaite du prince play-boy prêt à alimenter les gros titres des journaux.

Lorsque, la main sur la poignée de la porte, il avait marqué un temps d'arrêt, elle avait lutté pour ne pas se jeter à son cou. Sa fierté n'y aurait pas survécu. Alors, elle s'était débrouillée pour répondre avec désinvolture à sa suggestion qu'ils se revoient dans trois semaines, quand ses affaires le ramèneraient à Londres.

Mais, trois semaines plus tard, les choses avaient

changé : les conséquences de leur moment de faiblesse étaient impossibles à ignorer.

Elle avait répété leurs retrouvailles dans sa tête et savait exactement quoi dire. Alors qu'un assistant en costume sombre l'escortait dans le bel immeuble et jusqu'à l'ascenseur vitré, elle savait toujours ce qu'elle allait dire.

Devant la porte, elle avait su non seulement ce qu'elle allait dire, mais quand elle allait le dire : après la dernière nuit qu'elle s'autoriserait avec lui.

Pourtant, la porte était à peine refermée qu'elle avait tout lâché.

— Je suis enceinte. Oui, je sais, nous avons… Enfin, tu as été prudent…

Le souvenir de cet instant avait toujours le pouvoir de la déstabiliser. Elle se souvenait vaguement avoir détourné les yeux, laissant ses mèches blondes cacher sa rougeur coupable.

— J'ai fait trois tests, avait-elle repris. Enfin, non, six en réalité. Et je ne te dis pas cela pour que tu… Enfin, je veux que tu saches que je n'attends rien de toi. Je rentre chez moi demain prévenir ma mère et ma sœur. Nous nous en sortirons très bien. Je ne suis pas seule…

Bizarrement, le fait de dire tout haut le secret qu'elle avait gardé jalousement jusque-là avait enlevé son caractère surréaliste à l'événement.

Pendant qu'elle égrenait les faits à la vitesse d'une mitraillette, Dante était resté parfaitement immobile. Elle pensait s'être préparée à tout type de réaction de sa part, et au bruit qui les accompagnerait. Mais le voir tourner les talons et quitter la pièce avant qu'elle n'ait eu le temps de reprendre sa respiration l'avait laissée pantoise.

S'il s'était écoulé une minute ou une heure avant qu'il ne revienne, elle n'aurait su le dire. Elle était restée au même endroit, figée par son brusque départ. Quand il avait reparu, il était pâle, mais pas à cause du choc cette fois. C'était une détermination d'acier qu'elle avait lue sur ses traits.

— Donc, nous allons nous marier, bien sûr. Pas la peine que je prévienne ma famille, c'est l'avantage de ne pas être le premier dans la ligne de succession. Carl va se marier, et personne ne fera attention à moi.

Carl ? Qu'est-ce qu'un frère aîné avait à voir avec tout cela ? Elle avait du mal à suivre le débit rapide de Dante, et elle ne comprenait pas où il voulait en venir.

— J'ai à faire à Las Vegas la semaine prochaine, est-ce que ça te va ? avait-il repris. Et de ton côté ? Un grand mariage n'est pas à l'ordre du jour, au vu des circonstances, mais, si tu veux inviter tes proches, je peux arranger cela.

Il s'était arrêté, sans doute pour reprendre son souffle, et elle en avait profité pour réagir avec force.

— Tu plaisantes, j'espère ! Dante, nous n'allons pas nous marier à cause d'un enfant. Oublions ce que tu viens de dire. Tu es en état de choc.

Il n'avait pas paru apprécier sa sollicitude.

— Je suis peut-être le numéro deux mais quand même un possible héritier du trône. Mon enfant ne portera pas le stigmate de la bâtardise. Hors de question.

— Tu es fou…

À chaque argument qu'elle avançait contre ce projet, il en opposait un, plus puissant encore, le plus efficace étant que c'était la meilleure chose pour l'enfant, cette nouvelle vie qu'ils avaient engendrée.

Finalement, elle avait accepté. Comment faire autrement ? Il faudrait qu'elle se méfie de cette habitude de toujours céder à Dante si elle voulait que sa vie reprenne un cours normal.

La soirée de la veille en était un parfait exemple ! Comment avait-elle pu se montrer aussi stupide ? Elle n'avait vraiment qu'elle à blâmer. Dante Velasquez n'avait rien à faire de spécial pour lui ôter toute raison, il n'avait qu'à être lui-même…

Car personne n'était aussi intensément vivant que lui. Une fois qu'on l'avait croisé, il était impossible de l'oublier.

Il fallait pourtant qu'elle l'oublie ! Qu'elle considère la nuit dernière comme une parenthèse. Ennuyeuse, certes, déplorable même. Mais accepter son erreur lui permettrait d'avancer. Même si cette erreur avait une fatale tendance à se répéter…

Tomber amoureuse n'était pas du tout ce qu'elle avait imaginé. C'était quelque chose de dangereux, qu'on aurait dû assortir d'avertissements.

— Que fais-tu encore ici, Dante ?

— Tu m'as invité. Je ne voulais pas me montrer impoli.

— Comment savais-tu où j'étais ? Comment savais-tu que nous étions parties ?

Dans les premières semaines après avoir quitté Dante, elle avait vécu avec sa mère, puis chez Maya, en attendant de trouver un appartement à louer.

Devant son haussement de sourcils sardonique, elle soupira.

Il tenait absolument à la faire surveiller par une équipe de sécurité, extrêmement discrète mais bien présente. Elle avait d'abord tenté de s'y opposer, avant de comprendre que c'était peine perdue.

— D'accord, reprit-elle, question stupide. J'oublie toujours que ma vie ne m'appartient plus.

— Ne t'inquiète pas, ta vie sera de nouveau tienne bientôt, rétorqua Dante.

Elle vit son expression s'assombrir, mais il ne lui offrit pas d'explication, préférant considérer le cadre du modeste chalet de station de ski où ils se trouvaient.

— Le chalet appartient à une amie de ma mère,

expliqua-t-elle. Elle nous l'a prêté pour une quinzaine et, comme Maya travaille sur une ligne de vêtements de sport, l'idée de prendre son inspiration sur le terrain nous a paru judicieuse.

— Donc, ses affaires avancent ?

— Ça avance doucement…

Elle se protégea du regard de Dante en battant des cils alors qu'il changeait de position, faisant jouer inconsciemment les muscles de son torse puissant.

Il n'avait pas une once de chair en trop, et ses épaules carrées auraient suscité l'envie chez n'importe quel athlète professionnel. Elle devrait s'éloigner tant qu'elle le pouvait…

Au lieu de quoi, elle ignora le frémissement de son bas-ventre et rajusta le drap autour d'elle.

— C'est dur de se faire une place dans le domaine de la mode, disait-il. Ça avancerait plus vite si tu expliquais à ta banque que tu vas toucher sous peu une somme considérable. Je peux débloquer les fonds immédiatement. Ils seraient moins regardants sur les garanties concernant les affaires de ta sœur. Savent-ils seulement que tu vas devenir riche ?

Riche… et seule.

Mais elle refusa de s'attarder sur cette pensée démoralisante.

— Je ne veux pas de ton argent, déclara-t-elle fermement.

Ce qu'elle voulait, c'était retrouver celle qu'elle était avant lui… Mais cela n'arriverait jamais. Même si elle n'avait été mariée que dix mois et que leur séparation avait eu lieu six mois plus tôt.

Non, jamais plus elle ne serait la même.

— Si tu n'en veux pas, dit Dante en passant une main lente dans ses cheveux, les décoiffant de la façon la plus sexy, c'est dommage d'avoir choisi un avocat plus intéressé par ses profits que par les tiens, *cara*…

Elle retint un soupir, refusant de céder au ressentiment qui lui gonflait le cœur à ces paroles.

— Ne pourrais-tu pas faire semblant une minute d'ignorer les détails de ma vie et me dire ce que tu fais ici ?

Dante hocha la tête.

Bonne question. Que faisait-il ici ?

Depuis que son frère avait abdiqué son droit au trône, sa vie avait changé à jamais. Désormais, il n'était plus un play-boy princier, ni même un futur père : il était l'avenir de la monarchie.

Jusque-là, il n'avait jamais été responsable que de lui-même. Il n'avait vécu que pour lui, et voilà que, du jour au lendemain, tout un pays comptait sur lui, alors que, pour lui, ce qui comptait plus que tout, c'était une femme.

La peau douce et tiède de Béatrice, son parfum de vanille, l'étreinte soyeuse de ses longues jambes s'enroulant autour de lui, tous les souvenirs de leurs nuits se pressaient en lui, le transperçant comme des lames et ravivant son désir.

Quelle sombre ironie du destin !

Lorsqu'elle était partie, il s'était dit que c'était mieux ainsi, qu'il pourrait se concentrer sur son nouveau rôle sans se demander à toute heure du jour comment elle allait, sans voir la détresse que cachait si mal son sourire. Même si ses journées étaient dures, il savait que ses journées à elle l'étaient plus encore…

En fait, il ne comptait pas sur elle. Tous les rapports qu'il avait commandés la montraient en forme, menant sa vie au mieux. N'empêche, il avait voulu venir vérifier une option qui ne lui serait bientôt plus offerte…

Car la liste des prétendantes à la position d'épouse royale s'allongeait. Il fallait qu'il s'occupe de toutes ces potentielles fiancées, même s'il sentait son estomac se soulever à cette idée. Toutes venaient des meilleures familles, elles avaient le règne dans le sang…

— Je t'ai apporté des papiers à signer, dit-il, conscient que cette pitoyable excuse allait lui attirer le mépris de Béatrice.

— Parce que tu fais le service livraison, maintenant ? rétorqua-t-elle.

Il laissa échapper un soupir de frustration, tout en scannant du regard son beau visage.

Avait-il vraiment cru que venir la voir ici une dernière fois lui permettrait de tourner enfin la page ?

C'était la plus belle femme qu'il ait jamais rencontrée, et pour un court moment, leurs vies s'étaient croisées. Mais, depuis, les choses avaient changé. Une autre vie l'attendait, faite de devoirs et de responsabilités.

— Nous… Nous ne nous étions pas dit au revoir, prétendit-il.

Béatrice se mordit la lèvre si fort que le sang afflua sous la peau, puis elle cligna des yeux.

— Oh ! Tu devais avoir une réunion… Peut-être m'as-tu laissé une note de service ?

Elle donnait bien le change, avec ces répliques qui laissaient croire qu'elle était passée à autre chose.

— Tu te sentais négligée ?

— Je me sentais…

Elle parut chercher ses mots pour exprimer son ressenti.

— Oh ! et puis ça n'a plus d'importance ! fit-elle enfin. Nous n'avons pas eu cette conversation à l'époque, et à présent c'est inutile. Disons que la nuit passée nous servira d'au revoir.

Il hocha la tête, tout antagonisme évanoui en voyant une larme scintiller dans son regard.

— Je n'avais pas prévu ce qu'il s'est passé hier soir.

C'était juste que je… J'en avais assez de n'avoir de tes nouvelles que par des tiers.

— Ce n'était pas raisonnable de venir en personne.

— Qui a envie d'être raisonnable ? riposta-t-il sans pouvoir s'en empêcher.

Béatrice ressentit un coup au cœur tandis que la lueur téméraire du regard de Dante lui rappelait l'homme dont elle était tombée amoureuse.

Elle ferma les yeux et s'appuya à la porte.

Il était ironique qu'elle doive se rappeler que cet homme-là n'existait plus.

— Tes futurs sujets ont besoin que tu sois raisonnable. Et franchement, Dante, j'ai eu ma dose de déraison avec toi.

C'était vrai. Après qu'elle avait échappé au rôle royal qu'elle n'était pas taillée pour remplir, elle s'était jetée à corps perdu dans la construction de son avenir. Il y avait eu des défis excitants. Elle avait regagné en partie son enthousiasme naturel, à présent tempéré par la prudence.

Une prudence qui lui avait bien fait défaut la veille… Il lui avait suffi d'apercevoir Dante pour que ses instincts se réveillent comme s'ils n'avaient été qu'assoupis.

Hier avait été une erreur. Et pourtant, à y repenser, son bas-ventre se crispait, et des souvenirs encore tièdes lui envahissaient la mémoire. La raison n'avait rien à voir là-dedans, c'était une affaire de passion, de faim primaire à satisfaire !

Elle avait une passion pour le chocolat, mais elle savait que, si elle y cédait, il lui faudrait renouveler sa garde-robe la saison d'après. Grâce à un peu d'exercice et de self-control, ses vêtements de l'an dernier lui allaient encore. Le problème avec Dante, c'était qu'il n'avait pas un seul instant cessé de lui aller. Il lui allait même à la perfection, au propre comme au figuré. Même aux pires moments de leur mariage, leur relation sexuelle était restée extraordinaire. Au lit, ils étaient toujours en harmonie. Hélas, il faut plus qu'une parfaite alchimie sexuelle pour qu'un mariage fonctionne, d'autant que le leur avait affronté des obstacles particulièrement pointus.

— Est-ce que tu as des regrets ?

La voix de Dante la ramena au réel, et elle s'aperçut que ses yeux étaient fixés sur son torse musclé. Elle se hâta de détourner le regard, mais l'aura sexuelle qu'il exsudait l'atteignit quand même.

Sa réponse à la question aurait dû être plus spontanée.

Bien sûr qu'elle regrettait. Mais, d'un autre côté, toute honte bue, elle n'aurait pas voulu changer d'un iota leur aventure, parce que Dante était plus fort que toute sa raison. Quand elle respirait l'odeur de sa peau, tout souci de préservation s'évanouissait.

Il fallait qu'elle rompe une fois pour toutes ce cercle vicieux !

Facile à dire, quand il suffisait qu'il la touche pour qu'instinctivement elle considère le moindre contact comme une évidence… Eh bien, il ne fallait plus qu'elle le laisse la toucher !

Elle s'éclaircit la gorge, cherchant désespérément comment persuader Dante que, en dépit de leur nuit, elle avait tourné la page. Qu'hier ne comptait pas plus qu'un appétit à satisfaire et que, une fois repue, elle pouvait passer à autre chose.

— La nuit dernière était…

Il la coupa d'une voix profonde aux notes impatientes.

— Considérant que tu t'enveloppes de ce drap comme d'une armure et que tu te conduis en vierge outragée, j'imagine que tu la regrettes amèrement ?

Comment osait-il ? Jamais elle n'avait joué les vierges outragées avec lui, même quand elle en aurait eu le droit !

C'était lui qui avait fait comprendre que le cadeau ne lui plaisait pas tant que cela !

— Regrettes-tu de m'avoir épousé ? reprit-il.

Pourquoi donc cherchait-il à le savoir ? Pour apaiser sa culpabilité ?

Mais il n'était pas homme à se sentir coupable.

Un sourire sans joie aux lèvres, Dante constatait la revanche du destin.

Il avait profité sans remords d'une vie de plaisirs. Pour lui, le chemin le meilleur était toujours le plus aisé… Mais le concept du devoir qu'il avait passé des années à fuir l'avait rejoint, et il allait dorénavant régenter sa vie.

Quand il avait demandé à Béatrice de l'épouser, il s'imaginait faire ce qu'il fallait au vu des circonstances. Il ne s'était même pas demandé si Béatrice partageait son point de vue. Dans son esprit, c'était lui qui se sacrifiait.

Les mâchoires serrées, il exhala une longue expiration.

— Regretter ne sert à rien, murmura-t-elle, les cils baissés.

— Ce qui veut dire que tu regrettes.

S'était-elle seulement demandé ce qu'aurait pu être leur vie si le bébé avait vécu ? Mais il n'avait été qu'un battement de cœur, vite effacé de l'échographie…

Il sentit son estomac se crisper.

Il revoyait le médecin en train de leur apprendre que le cœur du bébé s'était arrêté. Il en avait été dévasté, comme si une force supérieure l'avait englouti sans qu'il ait pu même se débattre. Pourquoi avait-il ressenti cette perte aussi fort, lui qui n'avait jamais voulu d'enfant ?

— J'essaie de me tourner vers l'avenir, répondit Béatrice.

L'intensité de son regard fit perdre pied à Dante, mais elle parvint à regagner le contrôle d'elle-même, et ses yeux se perdirent dans le lointain.

— Le passé est derrière nous, reprit-elle, cela ne m'intéresse pas de le ressasser…

Puis, comme si elle mesurait la fausseté de ce qu'elle était en train de dire, elle frissonna, et la décision de parler honnêtement l'emporta.

— J'ai des souvenirs merveilleux de ce mariage, dit-elle doucement. Je les chérirai toujours. Mais nous ne sommes pas faits pour aller ensemble. Je suis bien moins pragmatique que toi.

Cet aveu le crispa malgré lui.

— Peut-être que j'attends moins d'une relation. Tu devrais essayer, Béatrice. Cela évite bien des déceptions.

— Tu me voudrais aussi cynique que toi ? fit-elle en le regardant droit dans les yeux. C'est beaucoup demander.

Il afficha un sourire moqueur.

— Ce que tu appelles cynisme est juste un sens plus aigu des réalités, et ça s'acquiert à petit pas, comme un bébé qui apprend à marcher.

Ce ne fut pas juste l'expression de Béatrice qui se figea, le temps aussi fut suspendu. Elle frémit et baissa rapidement les paupières sur son regard blessé, pourtant il avait eu le temps de le voir.

Son instinct protecteur s'éveilla. Mais, s'il voulait être honnête, c'était surtout de lui qu'elle avait besoin d'être protégée.

Silencieusement, il se maudit.

Ne pouvait-il pas trouver une autre expression ? Tout ce qui touchait à leur enfant mort-né était une tragédie, augmentée par le fait que tout le palais s'en était mêlé, car cet enfant aurait été le futur héritier du trône. Lui, il savait, depuis le renoncement de son frère, que plus rien de sa vie ne resterait privé. Mais, pour Béatrice, cela avait dû être un tremblement de terre.

Béatrice attendit que se dissipe l'image d'un bébé

faisant ses premiers pas main dans la main avec son père, puis elle releva les yeux, repoussant la souffrance qui lui tordait les entrailles.

Dante regardait ailleurs, sans doute absorbé par la pensée de celle qui lui succéderait et qui, elle, lui donnerait des enfants.

Ce n'était pas faute d'avoir essayé durant les dix mois qu'avait duré leur union. Dix mois passés dans l'enceinte du palais, dix mois d'espoir puis de désillusion.

Ce sentiment d'échec ne l'avait pas quittée.

Dante sauta hors du lit, dévoilant ce qu'elle essayait désespérément de ne pas regarder.

— Excuse-moi, Béatrice.

Elle fixa son visage mais le trouva insondable.

— De quoi t'excuses-tu ?

S'il répondait qu'il s'excusait de leur nuit passée, elle le frapperait.

— Si c'est de m'avoir épousée, reprit-elle, pas la peine. Je savais ce que je faisais.

— Et, à présent, tu reprends ta vie.

Sans lui… Mais le rôle de victime ne lui convenait pas, elle ne voulait pas de sa pitié.

— Ce serait plus facile pour moi si tu quittais ma chambre.

— Je dois être à Paris demain. La réunion a été repoussée…

— Et tu t'es dit que tu allais venir ici me gâcher la vie ?

Il y avait plus de lassitude que de reproche dans sa voix.

— Je ne me suis pas invité dans ton lit, Béatrice.

Elle sentit le rouge lui monter aux joues.

Dante pensait-il vraiment qu'elle avait besoin qu'on lui mette les points sur les *i* ?

— Désolée, je ne t'accuse de rien. Tu as été aimable

de me laisser partir comme je l'ai fait. Y a-t-il des papiers à signer ?

— Il y en a, mais les tabloïds…

Elle se tendit, comprenant enfin où tout cela menait. Pourquoi Dante ne la regardait plus dans les yeux.

Pâle mais maîtresse d'elle-même, elle hocha la tête.

— Félicitations.

Il la dévisagea, l'air perplexe.

— Pourquoi donc ?

— Eh bien, tu dois être fiancé, et tu es venu me l'annoncer avant que les tabloïds ne me l'apprennent, c'est ça ?

Ce devait être officiel, Dante ne se serait pas déplacé pour une simple aventure d'un soir. Un homme aussi sensuel que lui n'était pas taillé pour le célibat. Il était fiancé. Très bien. Elle pouvait vivre avec cela… Peut-être après avoir vomi.

Mais une longue expiration siffla entre les dents de Dante.

— Tu ne crois pas que ce serait un peu prématuré de me fiancer alors que le divorce n'est pas prononcé ?

Elle battit des cils, se maudissant de ressentir un tel soulagement.

— Excuse-moi, je croyais que…

— Que la chose la plus invraisemblable au monde pouvait être une réalité ? D'où tires-tu des idées aussi farfelues ?

— Ça aurait pu arriver, protesta-t-elle. Il va bien falloir que tu te remaries.

La lèvre de Dante prit un pli amer.

— Donc, tu t'imaginais que je pourrais me fiancer et dormir avec toi dans la foulée ?

— Oui, fit-elle simplement. C'est un peu dans la tradition familiale, non ?

Elle avait été choquée d'apprendre que les parents de

Dante menaient tous deux une double vie. Pour lui, c'était le quotidien. Pour elle, cela avait été un choc. Pourtant, la honte qu'elle ressentait n'avait rien à voir avec lui : elle-même aurait couché avec lui en n'importe quelles circonstances

— Assieds-toi, veux-tu ? Je ne vais pas te sauter dessus.

— Pas question, je préfère rester là…

Ce n'était pas lui qu'elle craignait, mais bien elle-même. Ils étaient tous les deux nus, et s'asseoir était un préambule à s'allonger.

— Alors, si ce n'est pas pour m'annoncer tes fiançailles, tu viens pour finaliser le divorce ?

— Non plus. C'est à cause de grand-père que je suis venu.

— Reynard ?

Elle cessa brusquement de tortiller son drap.

Le vieux roi avait quitté le pouvoir en faveur de son fils, le père de Dante, après sa première attaque. Reynard était l'une des rares personnes qui la mettaient à l'aise au palais. Il avait un vif sens de l'humour, la faisait rire et avait consacré tout son temps à lui apprendre les échecs. Sur le moment, elle n'avait pas mesuré à quel point cela pouvait être considéré comme un privilège… Ils jouaient encore en ligne à l'occasion.

— Un de ces jours, j'arriverai à le battre, fit-elle avec un demi-sourire. Il va bien ?

Soudain, la panique s'empara d'elle. Dante était-il venu lui annoncer… ?

— Non, non. Il a subi une nouvelle attaque, mais tout va bien, précisa ce dernier en la voyant se décomposer. Rassure-toi, il a été traité à temps. Il n'y aura pas de séquelles.

Elle laissa échapper un soupir de soulagement, mais l'inquiétude restait là, en retrait, car elle savait qu'un jour le pire se produirait. Privé de cet homme que d'aucuns jugeaient irascible, le monde ne se porterait pas mieux, au contraire.

— Nous avons évité que la nouvelle ne fuite, mais les journaux à scandale auront un jour ou l'autre vent de l'affaire, et je ne voulais pas que tu l'apprennes par ce biais. Ils dramatisent toujours tout.

— Tu aurais pu m'envoyer un texto ou m'appeler. Tu n'avais pas besoin de venir en personne.

— Non, effectivement.

— Ce n'était pas bien de venir. Ce n'est pas simple pour moi.

— Parce que tu crois que ça l'est de mon côté ? dit Dante entre ses dents serrées.

— Très bien, disons donc que cette nuit était notre au revoir. Transmets mes vœux de prompt rétablissement à Reynard. Je regrette de ne pas pouvoir aller à son chevet.

— Il va se rétablir. Mais viens le voir si tu veux.

Elle laissa échapper un rire amer.

— Revenir à San Macizo ? Je présume que tu plaisantes.

— Tu y as été si malheureuse que cela ?

Elle garda une expression soigneusement neutre.

— Je n'y étais pas à ma place.

La seule façon de s'intégrer aurait été de faire un enfant. Et, cela, elle ne l'avait pas pu. Tous ces espoirs en vain, mois après mois ! Dante avait dû être soulagé quand elle avait décidé d'arrêter les essais. Au moins, il pouvait reconstruire sa vie…

Et elle, il était temps qu'elle reprenne la sienne en main.

La tête haute, évitant de regarder Dante, elle se dirigea vers le dressing et en retira un peignoir de soie bleu dont elle s'enveloppa après avoir laissé tomber le drap et lui avoir présenté son dos nu – même si c'était un peu ridicule de jouer les modestes avec lui, qui connaissait si bien son corps.

— Pendant dix mois, reprit-elle, j'ai tenté de m'intégrer, de dire ce qu'il fallait, de faire ce qu'on attendait de moi. En vain j'ai essayé de…

Elle ne termina pas, mais les mots ravalés flottèrent dans la pièce comme des fantômes.

Ils savaient tous deux ce qu'elle avait tenté de faire, et son échec concernant la seule chose qui l'aurait rendue acceptable aux yeux de sa famille : lui procurer un héritier.

3.

Dante regarda Béatrice, toujours de dos, resserrer autour d'elle la ceinture du peignoir, puis se retourner, faisant de son mieux pour ignorer le regard de braise dont il la couvrait.

Elle releva le menton d'un air de défi et revint vers lui en piétinant le drap tombé à terre. Ses ongles de pieds, vernis d'une couleur perle, ressortaient contre le bois mat du plancher, adouci par des tapis de laine rustique.

La neige s'était remise à tomber, mais la température ambiante était élevée, grâce au gros radiateur de fonte sans doute, mais surtout à cause de son propre thermostat interne, que la proximité de sa future ex-épouse déréglait invariablement.

— Je ne comprends pas que tu aies si mal vécu les choses, déclara-t-il.

Béatrice le fixa, l'air furieux, comme si elle s'apprêtait à lui jeter quelque chose à la tête.

— Je te trouvais tout à fait à ta place, continua-t-il sans pouvoir s'empêcher de suivre les mouvements fluides de son corps sous le peignoir de soie. Ai-je déjà vu ce peignoir ? Il fait ressortir la couleur de tes yeux.

Des yeux si bleus qu'il avait d'abord cru qu'elle portait des lentilles colorées.

Béatrice afficha un petit sourire.

— Cela fait six mois qu'on ne s'est pas vus. Depuis, j'ai ajouté quelques éléments à ma garde-robe.

Il sentit son ventre se crisper. À l'entendre, tout était si facile !

— Six mois que *tu* as décidé de partir, Béatrice ! Je ne te l'ai jamais demandé.

Pour lui, partir était impossible. Il était piégé dans ce nouveau rôle qui durerait une vie, enfermé à perpétuité dans un personnage public qui n'était pas lui. Le palais, sa famille, les courtisans, tous appelaient cela son « devoir ». Il serait jugé sur sa soumission à ce devoir.

— Tu n'as pas tenté de m'arrêter, Dante.

— Tu aurais voulu que je le fasse ?

— Même si j'avais réussi à retomber enceinte, un bébé ne devrait jamais être utilisé pour réparer une relation. C'est pour cela que ce qu'il s'est passé cette nuit ne doit plus se reproduire.

— Cette nuit…

Dante laissa son regard s'attarder sur la bouche de Béatrice, sentant le désir renaître en lui, et sa poitrine se serra.

Ce besoin d'elle qu'il avait l'inquiétait. Était-ce la crainte de la solitude ?

Il repoussa fermement les fragments de souvenirs qui s'accrochaient à lui : la froideur de ses parents qui l'informaient que l'avenir de la famille royale reposait désormais sur ses épaules, les larmes dans les yeux de son frère qui s'excusait.

— Donc, tu ne penses pas que des ex puissent rester amis ?

Le petit rire sec que produisit Béatrice ne ressemblait en rien au rire de gorge franc et modulé dont il se souvenait. Celui-là avait disparu après quelques semaines de mariage.

— Ceci n'est pas de l'amitié, Dante. Les amis, ça partage.

« Partage », avait-elle dit. Il en aurait ri. La dernière chose qu'il voulait quand il s'agissait de Béatrice, c'était partager…

Il tentait de l'oublier mais, pour la première fois, il connaissait la peur de l'échec. C'était si peu naturel chez lui qu'il lui avait fallu quelque temps pour identifier ce nouveau sentiment. Mais il n'avait pas eu le temps de s'y attarder, car sa nouvelle vie l'accaparait.

Au palais, une équipe se consacrait à le mettre au courant de ses nouveaux devoirs, à lui faire accepter les valeurs si longtemps rejetées. À sa grande surprise, il s'était découvert un sens du devoir. Il ne s'en était d'ailleurs ouvert à personne, ne voulant donner à quiconque le pouvoir de le manipuler. Il écoutait ses nouveaux conseillers. Il devait se montrer réaliste : on ne peut pas tout avoir, la couronne et le reste. Il faut faire des sacrifices.

Son frère l'avait compris un peu tard, hélas. Le problème était de savoir quoi sacrifier.

Il caressa du regard le ravissant visage de Béatrice, dont l'expression affichait l'angoisse.

— Tu ne peux pas demander une chose et son contraire Dante, disait-elle. Vouloir rester amis, ce… Ce ne serait pas juste. Ce serait cruel.

Elle voulait redonner un semblant de sens à sa vie.

Quand Dante avait annoncé leur séparation à son père, sans préciser qu'il s'était opposé de toutes ses forces à ce choix, le roi avait simplement rétorqué que sa femme faisait preuve de bon sens. Pourtant, cette opposition désespérée était peut-être la seule chose noble qu'il ait tentée de sa vie – et sans doute la seule qu'il accomplirait jamais, car dorénavant on ne lui demandait pas d'être noble, il lui suffirait d'être hypocrite.

Il savait qu'il n'avait pas le droit d'éprouver de rage ni de se sentir trahi. Leur mariage avait été décidé en fonction d'un enfant, et cet enfant n'était plus. La décision de Béatrice était logique, comment pouvait-il en être aussi secoué ?

La plupart des mariages doivent leur longévité à des arrangements mutuels. Dans le cas de ses parents, il s'agissait d'arrangements d'affaires. Ils vivaient des vies parallèles qui se rejoignaient à l'occasion des cérémonies officielles. Béatrice n'aurait jamais pu supporter cela.

Officiellement, ils étaient séparés temporairement, mais déjà on dressait une liste de futures candidates pour le jour où la séparation serait définitive.

Il ne s'intéressait pas le moins du monde aux noms qui figuraient sur cette liste. Une épouse convenable ferait l'affaire autant qu'une autre. Celle qui avait été choisie pour son frère avait-elle été ajoutée à la cohorte de ces prétendantes, après que celui-ci avait reculé devant une vie d'hypocrisie ? Heureusement, Carl s'était décidé avant que les choses ne prennent une tournure officielle, en annonçant son homosexualité. Et il avait bien fait car, même si le régime de San Macizo était considéré comme progressiste, l'idée d'un homosexuel déclaré sur le trône était inacceptable puisqu'il devait engendrer un héritier. Carl n'avait plus qu'une alternative : vivre un perpétuel mensonge ou se retirer de la lignée.

Si leurs rôles avaient été inversés, aurait-il montré le même courage que son frère ?

Ce qui l'avait frappé après l'annonce de Carl, c'était qu'il ne s'était douté de rien concernant l'homosexualité de son frère. La révélation l'avait pris de court. Évidemment, jusqu'alors il n'avait vécu que pour lui-même. Pour cela, il se dégoûtait. Il n'avait pas vu les luttes intérieures qui agitaient son frère, car il ne tenait pas tant que cela à les voir. Et aujourd'hui, quand il contemplait le visage de Béatrice marqué par le chagrin, il se disait que, cette fois encore, il n'avait pas voulu voir l'évidence.

Dans sa famille, on parlait des unions comme on discutait de la construction d'un nouvel aéroport, d'un scandale à étouffer parce qu'il touchait de trop près la royauté ou du dernier sondage d'opinion sur la popularité des souverains. Cela appartenait au domaine des affaires. Il avait appris ce cynisme, qui pourtant n'avait pas suffi à le protéger de l'incroyable décharge émotionnelle ressentie lorsque Béatrice avait été enceinte.

— Je ne t'ai plus pour femme, donc je ne t'aurai pas pour amie. Très bien, fit-il en affectant un air indifférent.

Béatrice sentit la colère l'envahir.

Dante n'allait pas se battre plus que cela pour la garder ?

Le quitter était la décision la plus ardue qu'elle ait jamais prise. Cela aurait été plus simple, évidemment, si elle avait pu s'arrêter de l'aimer. C'était facile pour lui, qui ne l'avait jamais aimée. Cette vérité, elle la connaissait depuis toujours, même si elle l'avait longtemps refoulée.

— Tu es d'accord, donc ?

— C'est dans notre intérêt à tous deux d'être sur la même longueur d'onde.

Elle aurait dû se sentir soulagée que tout se passe tranquillement. Mais c'était la veille qu'elle aurait dû réagir ainsi, avant de le retrouver et de céder encore à sa dangereuse attirance…

— Dommage qu'on n'ait pu en dire autant de notre mariage, ironisa-t-elle. Personne ne s'attendait à ce qu'il dure.

Leur séparation avait provoqué au palais un soulagement à peine déguisé.

— Je n'imaginais même pas me marier un jour, avoua Dante. Je crois que cela représentait des choses très différentes pour toi et moi.

Elle hocha la tête.

— Tu as certainement raison, admit-elle. Je pense que nos communications futures doivent passer par nos avocats, conclut-elle, luttant pour débarrasser sa voix de tout tremblement.

Sans paraître gêné de sa nudité, Dante récupéra ses vêtements épars dans la chambre et commença à s'habiller.

Elle ne pouvait pas détourner les yeux. Son corps était d'une telle perfection… Ses moindres gestes exprimaient à la fois la force et la grâce.

Si seulement elle avait pu se limiter à une appréciation esthétique de sa beauté ! Mais le voir ainsi provoquait en elle une faim dont elle avait honte.

Après avoir ajusté son pantalon sur ses hanches, Dante boucla sa ceinture et chercha le regard de Béatrice.

— Nos vies se sont touchées…

Mais elles ne s'étaient pas vraiment connectées.

C'était peut-être l'acuité même de sa réaction qui l'avait poussé à montrer de la réserve la première fois qu'il l'avait vue. C'était lors d'un défilé de haute couture où se croisait tout ce que la mode comptait de grands noms.

Il ne se souvenait plus de celle qui l'accompagnait ce soir-là, mais il se rappelait chaque détail de la belle blonde sexy qui avait arpenté le tapis, les mains sur les hanches, exsudant une aura sexuelle qui avait provoqué un frémissement admiratif dans l'assistance. Elle portait un vêtement supposé être androgyne mais, sur elle, cela devenait… un appel du destin.

Il n'avait jamais été autant fasciné par une femme.

Il avait alors décidé de répondre à l'appel du destin. Il avait laissé sa compagne l'entraîner dans la soirée qui avait suivi, ce qu'il évitait d'habitude. Et dans l'atmosphère éméchée des congratulations mutuelles, il avait saisi le nom de la top-modèle : Béatrice… Qui venait justement de partir.

Il s'était jeté dehors, plantant là la jeune femme qui l'accompagnait, en proie à une urgence qu'il était bien incapable d'analyser.

L'image que lui avait alors présentée Béatrice se superposa au visage de la femme qu'il avait devant lui. Il n'avait pas pu distinguer ses taches de rousseur sous son maquillage alors qu'elle arpentait le tapis sous les lumières, mais il les avait remarquées dans l'escalier où il l'avait rejointe, la bousculant presque dans sa hâte.

Elle avait l'air plus jeune que sur le podium, sans son maquillage exagéré et sa coiffure peu naturelle. Elle ne collait à aucun des stéréotypes qu'il connaissait. Elle était pleine de fraîcheur, drôle, et même le fait qu'elle ait été vierge, ce qui l'aurait en temps normal dissuadé de poursuivre, n'avait pas mis fin à leur relation.

Un bruit de vaisselle le ramena au réel, tandis que Béatrice sursautait d'un air coupable.

— Comment va ta sœur ? demanda-t-il.

Béatrice haussa une épaule.

— Son talent commence à percer.

Ce qui n'allait pas de soi, contrairement à ce que Maya avait cru. Mais, plus réaliste, Béatrice avait pris des cours de gestion durant ses années de mannequinat. Tout ce qu'elle gagnait, elle l'économisait pour qu'elles puissent un jour lancer leur propre ligne de mode écoresponsable.

— Tant mieux, fit Dante en boutonnant sa chemise. Tu vas t'en sortir ?

— Tout ira très bien.

Il le fallait. Elle n'allait pas laisser son addiction pour cet homme définir le reste de sa vie. Elle acceptait que les premiers temps soient durs. Ses proches la trouvaient forte, résiliente. Cela devait donc être exact. Elle s'en sortirait.

Quand son père était mort, tout le monde avait loué sa force d'âme. Puis sa mère avait épousé Edward. Maya avait été victime de maltraitance de la part de leur beau-père, et Béatrice avait soutenu sa petite sœur. Pendant longtemps, elle avait été la seule à s'en apercevoir, car il n'y avait rien de physique dans ses mauvais traitements : il sapait la confiance en elle de Maya, jour après jour. Au début, leur mère, avait choisi le camp de son nouveau mari, croyant à ses mensonges, se laissant manipuler. Béatrice, plus dans le jugement que sa sœur, avait dû lutter pour pardonner à sa mère ses faiblesses. À présent, Maya et elle n'en voulaient plus à leur mère. Maintenant que celle-ci était divorcée, elles lui souhaitaient de trouver la paix. Les liens n'étaient pas rompus entre elles trois, c'était le principal.

L'ironie, c'était qu'elle avait montré les mêmes faiblesses durant son propre mariage. Non pas que Dante lui ait menti, mais elle n'en était que plus coupable d'avoir cru en ses propres fables. Elle s'était leurrée sur ce qui existait entre eux.

Elle repoussa ces douloureux souvenirs.

— Et tes parents, comment vont-ils ?

Elle se sentait obligée de s'en enquérir.

— Oh ! c'est toujours pareil de leur côté ! La routine du palais…

Elle hocha la tête, et soudain lui revint en mémoire le souvenir de son premier dîner au palais.

La tension palpable lui avait coupé tout appétit. Les commentaires du roi et de la reine avaient été tranchants, leur critique évidente. Elle s'était sentie très seule. Et elle l'était restée jusqu'à ce que Dante la rejoigne vers 2 heures du matin. Une longue attente dans ce lit étranger, au cœur de ce pays inconnu…

À son arrivée, elle avait allumé la lampe de chevet.

— Désolé, je ne voulais pas te réveiller.

Elle se rappela l'empathie qu'elle avait ressentie devant ses traits las, marqués par le souci. Tout ce qu'elle avait voulu alors, c'était le serrer contre elle. La journée avait été dure pour elle, mais sans doute cent fois pire pour lui.

— Je ne dormais pas, avait-elle rétorqué alors qu'il venait s'asseoir sur le bord du lit.

— Tu ne m'attendais pas, quand même ?

Elle avait secoué la tête pour lui éviter la culpabilité.

— Tu as l'air si fatigué, avait-elle dit en passant la main sur sa joue ombrée de barbe, sexy même dans la fatigue.

— Pas tant que cela. Je veux juste… m'enfouir en toi.

Elle se rappelait la fraîcheur de ses doigts alors qu'il attirait sa main vers ses lèvres pour en embrasser sensuellement la paume. Puis il avait pris sa bouche…

Elle repoussa ces souvenirs.

C'était trop pénible, cela lui rappelait sa propre stupidité.

Pour elle, cette nuit avait représenté bien autre chose qu'un simple épanouissement physique. Dante l'avait certes entraînée dans son paradis passionnel, mais la connexion s'était établie plus profondément, avait-elle pensé tandis qu'elle reposait, lovée contre son corps après l'amour, avec aux yeux des larmes issues d'une émotion intense. Elle se sentait enfin… complète.

Mais tout cela n'avait existé que dans sa tête. Elle s'était forgé ce mensonge, et elle s'était obstinée à y croire… Même si des craquelures n'avaient pas tardé à se manifester dans l'idée qu'elle s'en faisait, alors que leurs corps trempés de sueur n'avaient pas encore eu le temps de se rafraîchir dans la nuit sombre.

4.

Béatrice attendit que Dante ait terminé de s'habiller pour formuler la question qui la taraudait. Si elle restait muette, l'anxiété finirait par la dévorer.

— Je me demandais…

Elle fit une pause.

Si elle pouvait posséder seulement la moitié de la capacité de cloisonnement de Dante ! Le monde pouvait bien s'écrouler : calme et posé, il se tiendrait debout au milieu des ruines.

— Est-ce que notre nuit affectera le divorce ? reprit-elle. Y a-t-il une conséquence légale lorsqu'on couche avec son quasi ex-mari ?

— C'est ce qui t'inquiète ?

— Pas toi ?

Un léger sourire étira les lèvres de Dante.

— Tu comptes en parler à quelqu'un ?

Elle rougit.

— Bien sûr que non ! Même si Maya…

— T'attend impatiemment pour un débriefing ?

— Elle n'est pas dans le jugement.

Ni portée sur les ragots, ce qui était plutôt rassurant vu tout ce que Béatrice lui avait confié.

— Admettons, fit Dante sans conviction.

— Alors ? Pour le divorce ?

— Je ne vois aucune raison à ce que ce soit un problème.

— On peut mettre la soirée d'hier derrière nous et reprendre nos vies ?

— Tu as l'air bien pressée…

Pourquoi semblait-il lui adresser un reproche ?

Elle donna libre cours à la colère qui montait en elle, sans doute pour éviter de faire face aux autres émotions suscitées par cet interminable au revoir.

— J'ai bien pensé à m'asseoir dans une salle vide et tenter de disparaître, et puis je me suis dit qu'il devait y avoir une vie après Dante Velasquez… Et tu sais quoi ? Il s'avère que c'est le cas !

Dante resta muet plusieurs secondes avant de lâcher durement trois mots.

— Qui est-ce ?

— Qui… Quoi ?

Ses yeux s'écarquillèrent alors qu'elle saisissait le sens de cette question.

Serait-il jaloux ?

L'espace d'un instant, elle fut tentée de s'inventer une vie amoureuse. Après tout, un homme de la trempe de Dante n'était probablement déjà plus célibataire. Son sens de la morale était assez flexible pour qu'il ne s'embarrasse pas d'une quelconque fidélité.

— Faut-il toujours qu'il y ait un homme ? rétorqua-t-elle, les sourcils haussés. Je n'ai pas besoin d'être en couple pour m'épanouir. Je ne suis pas ma m…

Elle s'interrompit.

Il fallut un moment pour que l'esprit de Dante évacue l'image d'un inconnu profitant des délices du corps de Béatrice.

Il finirait par s'y habituer, bien sûr, mais c'était encore trop tôt. La simple pensée qu'un autre homme apprécie ses courbes sensuelles, son visage adorable, l'intensité de son regard saphir, ses lèvres pleines et la pâleur de sa peau, cela l'emplissait de rage.

— Nous aurions dû avoir une aventure sauvage et passionnée, sans lendemain, marmonna-t-il.

Les aventures passionnelles avaient quelque chose de parfait dans leur simplicité. Elles étaient courtes et étincelantes. La folie y était temporaire, contrôlée, elle ne laissait aucun regret.

Béatrice cilla.

— Au lieu de cela, je suis tombée enceinte. L'ironie, c'est que, si nous avions attendu un peu, il n'y aurait eu ni bébé ni besoin de ce mariage… Bon, ce n'est pas ce que je voulais dire, et tu le sais, ajouta-t-elle comme il s'assombrissait. Je sais bien que tu me crois responsable de la fausse couche, mais…

Il eut un mince sourire cynique.

— Responsable ? Tu ne t'es jamais dit que, si tu n'avais pas eu à changer de vie, si on ne t'avait pas séparée de tout ce que tu connaissais, de tous ceux qui t'étaient chers, tu aurais peut-être gardé le bébé ?

Lui-même aurait dû y penser, à l'époque. Ne s'était-elle jamais doutée qu'il se sentait coupable lui aussi de la perte du bébé ?

Elle secoua la tête.

— Je n'avais jamais pensé à cela. Les médecins nous ont dit que de nombreuses grossesses n'aboutissent pas…

— Le stress joue un rôle important. Si je n'avais pas accédé à la succession, nous aurions pu nous quitter amis.

— Tu parles comme quelqu'un qui a les relations en horreur.

Il haussa les épaules.

Il n'avait en effet jamais rien éprouvé qui le pousse au mariage. Il se doutait qu'il ferait un très mauvais mari, et sa courte expérience n'avait fait que confirmer ses craintes.

Béatrice se mordit la lèvre.
— Il faut que tu partes, Dante.
— Tu as raison.
Entre eux, la colère trouvait trop souvent son issue dans le sexe.
On n'entendait plus rien en bas. Il faudrait qu'il s'esquive au vu et au su de Maya…
Béatrice rajusta distraitement son peignoir, élargissant involontairement, dans le jeu des étoffes, l'ampleur de son décolleté.
Instantanément, les yeux de Dante s'y posèrent.
— Tu portes la même couleur que lors de notre rencontre. Tu avais une poussière dans l'œil, ce soir-là…
Elle préféra mentir.
— Vraiment ? Je ne me souviens pas.
— Et tu ne faisais qu'empirer les choses avec ton mouchoir… Nous nous sommes presque rentrés dedans.
— C'est toi qui m'as percutée, précisa-t-elle, la respiration un peu hachée.
Il avait dit : « Permettez-moi », et il lui avait retiré la poussière. Elle lui avait tout permis, par la suite.
— Tu étais tellement…
Jeune, piquante, et tellement désirable au naturel, sans maquillage et les cheveux lâchés… Il aurait dû se rendre compte, alors, de sa candeur et de son innocence, mais il avait compris trop tard, bien trop tard pour revenir en arrière. D'ailleurs, est-ce que ça aurait changé quoi que ce soit ? ironisa une petite voix dans sa tête.
— Bon, eh bien… Nous avons un accord, n'est-ce pas ? Désormais, toutes les communications passeront par nos avocats, conclut maladroitement Béatrice.
Elle avait tenté de donner de la froideur à son ton.
— Tu n'as pas d'avocats, *cara*, dit-il dans un soupir.

Juste un vague conseiller juridique qui se moque de tes intérêts.

Si on laissait ce type aux commandes, elle sortirait de leur mariage avec moins d'argent encore qu'à son entrée. Il avait dû donner des instructions qui avaient révolté ses avocats. Certains membres de cette honorable profession connaissaient sans doute le sens du mot « scrupule », mais aucun d'eux ne travaillait pour la famille Velazquez.

— Béatrice, est-ce que je monte du café ?

Oh ! et puis, ce n'était pas Maya qui posait problème ! Il était temps que Béatrice assume la portée de ses actes. Il fallait mettre un terme à ce supplice !

Sans crier gare, il ouvrit grand la porte et cria :

— On descend, Maya.

Béatrice le dévisagea, entre stupeur et irritation.

— Merci !

— C'est un cadeau de départ.

— J'appelle plutôt ça un coup bas.

— Tu aurais vraiment préféré qu'elle tombe sur moi à l'improviste ? murmura-t-il avec lassitude. À moins que tu n'aies prévu de m'escamoter par l'escalier de service ?

Béatrice rougit.

— Finissons-en, Dante. Quand nous serons en bas, ne dis rien, je t'en prie.

— Y a-t-il vraiment quelque chose à dire ?

Elle regagnait sa liberté, il avait fait ce qu'il fallait. Pourquoi ce devoir accompli avait-il un goût aussi amer ?

Affairée à préparer des œufs brouillés en pantalon de ski noir, la sœur de Béatrice ne se retourna pas.

— Bonjour, Dante, fit Maya d'une voix glaciale.

— Dante est simplement passé pour…

Maya se retourna, cuillère en main, un sourire dubitatif aux lèvres, et Béatrice ravala son mensonge.

— Tu veux déjeuner, Dante ? s'enquit Maya.

— Non, il ne veut pas, répondit Béatrice pour lui, en se dirigeant vers la porte. Il s'en allait.

Elle ouvrit en grand, laissant un courant d'air glacé balayer l'espace.

— Heureux de t'avoir vue, Maya, lâcha Dante sur le seuil.

Celle-ci resta muette, son dos irradiant la désapprobation.

Lorsque la porte se fut enfin refermée sur Dante, Béatrice sentit ses jambes la trahir. Quelques secondes plus tard, elle s'effondrait sur une chaise de la cuisine.

— Ta migraine est passée ? demanda-t-elle à sa sœur.

Maya lui versa une grande tasse de café et la déposa devant elle, l'air soucieux.

— Ça va. J'avais juste besoin d'une bonne nuit de sommeil. Mais, apparemment, la situation s'est corsée pendant que je dormais.

— Tu dois te demander…, commença Béatrice.

— Dis-moi simplement que vous ne vous remettez pas ensemble. Que tu ne retournes pas à San Macizo.

— C'est la dernière fois que je le voyais, murmura Béatrice avant de fondre en larmes.

Elle avait perdu une part d'elle-même à San Macizo. Si elle y retournait, elle s'y perdrait totalement.

— Dieu merci, soupira sa sœur.

Béatrice lui jeta un regard interloqué, brouillé de larmes. Maya semblait sur le point de pleurer, elle aussi.

— Je sais bien que ce n'est pas à moi de te dire ce que tu dois faire ou pas, marmonna-t-elle. Mais quand tu en es revenue avec cet air de…

Béatrice posa sa main sur la sienne.

— Rassure-toi, je n'y retourne pas.

— Alors, pourquoi… Qu'est-ce qu'il faisait ici ?

— Reynard a eu une attaque.

— J'en suis navrée, fit Maya, le choc emportant

visiblement les dernières bribes de sa désapprobation. C'était un homme…

— Ça n'a pas été fatal, l'interrompit Béatrice. Bon, les acheteurs sont venus examiner les échantillons, et…

— Tu changes de sujet, Béatrice ?

— Je sais bien que tu n'aimes pas Dante.

— Je ne peux pas aimer quelqu'un qui te rend aussi malheureuse, en dépit de tout son charme, rétorqua Maya.

— Je ne suis pas malheureuse. Et… Et il ne reviendra pas.

Une fois encore, les larmes roulèrent sur ses joues, et cette fois la crise se prolongea.

5.

— Vous en êtes à combien ?

Béatrice cilla, prise entre la confusion et la panique. Elle reporta son regard sur le sourire engageant de la doctoresse et tenta de revenir au présent, mais son cerveau se refusait à formuler une pensée cohérente.

— À combien ? répéta-t-elle, faisant mine de réfléchir. Je crois…

Elle se prit la tête dans les mains, tentant d'amoindrir le hurlement qui résonnait dans son cerveau.

Du sucre. C'était probablement une carence en sucre. Elle n'avait réussi à garder ni son petit déjeuner ni le dîner de la veille. La praticienne lui adressa un sourire encourageant.

— Prenez votre temps. J'imagine que ce n'était pas prévu ? Statistiquement, peu de grossesses sont prévues.

— Vraiment ?

Cela ne la réconfortait absolument pas.

— Est-ce que quelqu'un vous accompagne ?

Béatrice s'arracha à ses pensées, tournées vers un futur terrifiant, pour se focaliser sur le visage souriant qui lui faisait face. Elle s'éclaircit la voix, réconfortée que son cerveau ait enfin une réponse à lui fournir.

— Oui, ma sœur est là, dans la salle d'attente…

Sa sœur s'était imposée sans lui laisser le temps de protester, après que les nausées avaient fini par la convaincre d'appeler le médecin. Celle-ci s'était-elle doutée de quelque chose ? Béatrice, non, en tout cas… Son cerveau s'était fermé à tout raisonnement logique, comme pour fuir la réalité. À présent, le choc était brutal. Elle était dos au mur.

— Six semaines, finit-elle par dire. J'en suis à six semaines.

Elle avait parlé d'une voix ferme, comme pour se convaincre elle-même, et un peu de chaleur revint dans son corps au souvenir de la nuit passée au chalet avec Dante.

Quelques minutes plus tard, Maya et elle sortaient de la clinique, et elle inspira à pleins poumons l'air frais du matin.

Le soleil était sorti, teintant d'or pâle les peupliers du parc et gorgeant de lumière chaque goutte de rosée, chaque brin d'herbe.

Maya finit par briser le silence.

— J'adore le début du printemps, si plein de promesses…

— Tu savais ? demanda Béatrice en fourrant les mains dans les poches de son manteau.

— Je me disais que c'était une possibilité.

— Tu dois me prendre pour une idiote.

— Ce sera le cas si tu continues à débiter des âneries.

Béatrice lui décocha un sourire pâle.

— J'aurais dû m'en douter, j'imagine, admit-elle, repensant aux signes annonciateurs. Mais je ne pensais pas que ça pourrait m'arriver à nouveau après…

Sa voix se perdit, un sourire amer lui venant aux lèvres au souvenir du conseil que lui avait prodigué le grand-père de Dante. Le vieil homme avait eu raison : il fallait qu'elle se relaxe si elle voulait enfanter à nouveau…

Sous le regard inquiet de sa sœur, elle se reprit.

— C'est juste que tout le monde attendait si impatiemment, au palais. Et je me laissais espérer… Quand j'ai dû annoncer à Dante, la dernière fois, que ça n'avait pas pris…

Il avait fait comme si de rien n'était, mais il en aurait fallu plus pour la berner. En ce qui concernait le palais, sa fertilité avait cessé de relever du domaine de l'intime à l'instant où Dante était devenu prince héritier.

Elle baissa les yeux sur son ventre encore plat, tâchant de mettre de l'ordre dans ses pensées.

Un an plus tôt, la nouvelle aurait rendu Dante fou de joie. Comment réagirait-il aujourd'hui ? Elle portait en elle l'héritier du trône. Jamais on ne l'autoriserait à élever l'enfant ailleurs qu'à San Macizo. C'était la fin de sa nouvelle vie.

Elle chercha autour d'elles un banc où elles pourraient s'asseoir avant qu'elle ne chancelle.

— Quand tu es revenue à la maison, poursuivit sa sœur en la faisant asseoir, tu ne nous as jamais expliqué pourquoi. C'est pour ça que tu es partie ?

Béatrice lui adressa un maigre sourire.

— C'est pour ça que Dante n'a pas rechigné à mon départ.

Sa voix s'emplit de larmes alors qu'elle ajoutait :

— J'avais l'impression de me noyer, j'avais du mal à garder la tête hors de l'eau. Tout était arrivé très vite. L'instant d'avant, j'étais moi, simplement moi, Béatrice, et à la seconde d'après, j'étais enceinte, mariée…

— Et princesse, ajouta Maya.

Béatrice eut un petit rire.

— Une très mauvaise princesse. Et puis, j'ai perdu le bébé, et nous n'avions pas vraiment le loisir de faire son deuil…

Elle pinça les lèvres avant de conclure :

— On attendait de moi que je fasse mon devoir et fournisse un héritier au trône. Les gens ont fait comme s'il ne s'était rien passé. Comme si le premier bébé n'avait pas existé. Je passais mon temps à m'excuser, alors que…

Elle aurait aimé entendre Dante lui dire qu'il n'y avait pas à s'excuser, qu'un enfant n'était pas une question de devoir mais d'amour. Il ne l'avait jamais fait. L'amour ne semblait pas faire partie de son vocabulaire. Y croyait-il seulement ? Il n'hésitait pas à lui dire à quel point il la désirait, et sa voix rauque avait de quoi la faire fondre. Parfois, pourtant, elle avait l'impression qu'il s'abandonnait à son désir à reculons.

Elle s'était dit que les hommes avaient du mal à exprimer leurs émotions, mais elle savait qu'il y avait autre chose. Au fond d'elle, elle était secrètement terrorisée par l'idée qu'il n'ait aucun sentiment pour elle. Après la perte du bébé, seule la passion les réunissait encore.

Maya posa sa main sur la sienne.

— Dis-moi de me taire, dis-moi que ce ne sont pas mes oignons si tu veux, mais qu'est-ce qu'il s'est passé, Béatrice ?

— J'ai trouvé un jour un rendez-vous noté dans mon agenda : un rendez-vous chez un spécialiste de la fécondation in vitro.

— Bon sang… Qu'est-ce que tu as fait ?

Maya était la seule qui pouvait comprendre son choc.

— Tu veux dire : « Est-ce que tu as fait comme maman ? » Non. Tu me connais… J'ai déboulé dans le bureau de Dante en plein conseil de famille, et je lui ai dit que ça suffisait. Que je ne voulais pas de conseillers, que je ne voulais pas d'agenda, et que mon ventre n'était pas un sujet de réunion.

Elle se souvenait de la rage dans les yeux de Dante lorsqu'il l'avait escortée hors de la salle.

Elle haussa les épaules, suivant distraitement des yeux

un écureuil qui sautait de branche en branche à quelques mètres de là.

— Comment a-t-il pris la chose ?

— Il m'a dit que j'étais naïve, que je surréagissais. C'était probablement vrai, je suppose. C'est dur de décrire ce qu'était la vie au palais…

Elle se passa les mains dans les cheveux.

— Je voulais attendre, reprit-elle d'une voix blanche. J'étais toujours en deuil de l'enfant que j'avais perdu. Je sais que ce n'était qu'un petit amas de cellules, mais…

— Bien sûr que tu avais besoin de temps. Dante n'a pas pu comprendre cela ?

— Je ne le lui ai jamais dit. On ne parlait pas beaucoup. Avec le départ de Carl, il était sous pression. Et peut-être que je ressemble plus à maman que je ne voudrais l'admettre…

Comme sa mère, elle avait mis ses propres intérêts de côtés pour plaire à un homme.

— Béatrice, voyons, tu sais que ce n'est pas vrai !

Le regard de Béatrice dériva du visage de sa sœur à un buisson de jasmin d'hiver qui venait de fleurir.

— Je vais avoir un bébé… J'ai vraiment un incroyable sens du timing, n'est-ce pas ?

Elle avait dit cela comme pour se convaincre. Mais elle n'arrivait toujours pas à y croire.

— Il faut être deux pour faire un enfant, répondit Maya un peu sèchement.

— Il va falloir que je le dise à Dante !

Alors qu'elle fouillait fébrilement dans son sac à la recherche de son téléphone portable, le visage de sa sœur s'adoucit.

— Laisse-toi un peu de temps, suggéra celle-ci avec un sourire encourageant. Le temps de t'habituer à l'idée.

Elle secoua la tête.

Peut-être ne s'y habituerait-elle jamais. Les choses n'iraient pas en s'améliorant.

— Est-ce que je dois vraiment le lui dire ? demanda-t-elle à brûle-pourpoint, avant de reculer sous la culpabilité. Je ne voulais pas dire ça… Simplement, tout va changer. Le bébé est second dans l'ordre d'accession au trône.

C'est une responsabilité terrible à faire porter à un enfant.

Dante n'a pas eu une enfance heureuse, tu sais, et sachant que le petit sera élevé dans les mêmes conditions…

— Dante a eu une enfance malheureuse parce que ses parents étaient narcissiques et odieux. Cet enfant t'aura, toi.

— Si je décide d'y retourner.

Mais, au fond d'elle, elle savait qu'elle irait.

— Ce ne sera pas comme la dernière fois, ajouta-t-elle comme pour elle-même. Je ne me laisserai pas…

— Ne me dis pas ça à moi, Béatrice, l'interrompit sa sœur. Dis-le à Dante. Est-ce qu'il était au courant, pour maman et la fécondation in vitro ?

Béatrice secoua la tête.

— Parfois, on dirait que c'était hier, n'est-ce pas ?

Maya et elle se sourirent au souvenir de cette période de leur adolescence.

Pour satisfaire les attentes de son nouveau mari, leur mère s'était tournée vers la fécondation in vitro. Il fallait donner à cet homme l'enfant qu'il demandait, un enfant qui lui appartiendrait, et qui ferait d'eux, pour reprendre ses mots de l'époque, une « vraie famille ».

Assister au désastre qu'avait provoqué le traitement chez sa mère avait été difficile, mais le pire avait probablement été de voir leur beau-père la rendre responsable de chaque échec. C'était toujours sa faute : si elle s'était mieux reposée, si elle avait été plus motivée, en meilleure forme, plus mince ou plus ronde, si, si, si… La liste des accusations semblait infinie. Lorsqu'un spécialiste avait finalement refusé d'administrer le traitement à leur mère sous prétexte que l'impact sur sa santé était désormais trop important, ils avaient simplement changé de clinique.

Béatrice posa sa main sur son ventre.

La panique était toujours présente, mais cette fois reléguée à l'arrière-plan.

— Tu vas me prendre pour une folle, mais je le veux, ce bébé.

— Tu n'es pas folle. Tu feras une merveilleuse mère, et je compte bien m'acquitter avec talent de mon rôle de tante…

Les yeux de Maya s'illuminèrent, alors qu'elle concluait :

— Bon Dieu, avec toi pour mère et Dante comme père, ce bébé a décroché la timbale au point de vue génétique !

6.

— Je crains que Son Altesse ne soit…

— Laissez-moi deviner : « indisponible pour le moment » ? coupa Béatrice, la voix chargée de venin.

Il lui avait fallu tout son courage pour décrocher son téléphone, et elle s'était sentie nauséeuse au moment de composer le numéro personnel de Dante. Tout cela pour voir son appel dévié vers quelqu'un qui s'identifiait comme : « Bureau de Son Altesse royale le prince de la Couronne », une femme prétentieuse et froide qu'elle avait détestée dès qu'elle l'avait entendue. Même si elle n'était qu'une messagère.

Depuis leur séparation, Dante l'ignorait. Chacun des courriels qu'elle envoyait lui revenait. Si elle appelait, elle tombait sur un numéro non attribué. Le seul qui avait répondu était ce dernier.

— Son Altesse royale ne prend pas d'appels, mais je peux passer un message.

— Oui, vous l'avez déjà dit !

— À moins que vous ne préfériez adresser votre question à l'équipe juridique de Son Altesse ? Je peux vous transférer au cabinet d'avocats qui représente…

Les sourcils froncés de colère, Béatrice ne cacha pas ce qu'elle pourrait bien faire de son cabinet d'avocats, et elle fut gratifiée d'une exclamation offensée.

À la limite de sa vision périphérique, Maya lui intimait à grands gestes de se taire. Elle l'ignora. Tout ceci ne lui faisait pas particulièrement plaisir, mais il y avait un certain soulagement à envoyer paître ce cerbère que Dante utilisait pour la bloquer.

— Je n'ai aucune question, reprit-elle au téléphone, je veux lui délivrer une information.

— Je lui transmettrai tout ce que vous voudrez me confier.

— C'est une information personnelle. Intime.

— Je suis son assistante personnelle.

— Dans ce cas, soupira Béatrice, cédant sous le poids de l'exaspération, vous avez un stylo ? Très bien. Mon mari sera peut-être intéressé d'apprendre qu'il va devenir père. Vous avez tout noté ?

L'exclamation étouffée à l'autre bout de la ligne sembla confirmer que l'assistante avait bien saisi.

— Merci de votre aide, conclut Béatrice d'un ton assassin. Je n'oublierai pas d'en faire part à mon mari lorsque je lui parlerai.

Elle coupa la communication, les doigts encore crispés sur son téléphone portable, avant d'adresser un regard nerveux à sa sœur.

Maya leva les yeux au ciel.

— Tu n'as pas fait dans la diplomatie.

— Non, je la leur laisse.

— J'imagine que tu ne devrais pas tarder à obtenir une réponse, vu la nouvelle, murmura sa sœur, alors que Béatrice reportait son regard sur le téléphone qu'elle tenait à la main comme si une grenade dégoupillée.

L'horloge indiquait 3 heures. Béatrice n'avait réussi à fermer les yeux que depuis quelques minutes, et il lui fallut un instant pour comprendre que le bruit qu'elle entendait n'était pas partie intégrante de son rêve naissant.

Quelqu'un – il n'était pas difficile de deviner qui – maintenait son doigt appuyé sur la sonnette, emplissant l'appartement d'un son carillonnant.

Maya apparut en robe de chambre.

— Comment a-t-il fait pour arriver aussi rapidement ?

Béatrice haussa les épaules.

— Tu veux que je lui dise de revenir plus tard ? reprit Maya.

Comme si ça pouvait marcher !

Béatrice se coiffa à la va-vite avec ses doigts et tâcha de recouvrer son calme.

— Non… Ça ira.

Elle prit une grande inspiration et rajusta le pan de sa robe de chambre sur sa chemise de nuit, levant le menton dans une posture de défi.

Maya lui jeta un regard peu convaincu.

— Si tu le dis. Je serai dans ma chambre en cas de besoin.

Béatrice, déjà focalisée sur ce qui l'attendait de l'autre côté de la porte, lui sourit machinalement.

— Merci.

Laissant en place la chaîne de sécurité, elle entrouvrit.

Le hall de l'immeuble était totalement masqué par l'imposante stature de Dante. Il portait un costume froissé, et sa chemise ouverte au col révélait un triangle de peau brune, mais la première chose qu'elle nota, ou plutôt sentit, fut l'émotion puissante que trahissait son regard, intense et courroucé.

— Tu as déménagé ! Personne ne m'avait prévenu.

Le ton de Dante était neutre, mais voir Béatrice le déstabilisait, et il sentait son sang-froid le déserter, glissant comme de l'eau entre ses doigts. Le voyage jusqu'à elle, après qu'il avait reçu au milieu de l'Atlantique ce message qui allait changer sa vie pour toujours, l'avait déjà éprouvé plus qu'il n'aurait su le dire. Et là, face au regard inquiet de Béatrice et aux cernes violets qui soulignaient sa fatigue, il ne se sentait pas moins furieux, simplement plus troublé encore.

— Qu'est-ce que tu fais là, Dante ?

Les mots accusateurs lui arrachèrent un grondement.

— Tu es sérieuse ?

— Tu n'avais pas besoin de venir en personne. Un simple appel m'aurait suffi.

— Eh bien, je suis là.

— Je sais. Et tout l'immeuble aussi, vu ta discrétion. Reviens demain.

— Dans tes rêves. Tu vas me laisser rentrer, ou faudra-t-il que nous ayons cette conversation sur le pas de la porte ? Mais peut-être que tu préfères, pour que tout le monde soit au courant, tabloïds compris ?

Il aurait aimé savoir combien de personnes elle avait prévenues avant lui. Mais il n'était que le père !

Béatrice fronça les sourcils.

— Baisse la voix et arrête de faire l'enfant, veux-tu.

— Je devrais m'estimer chanceux. Après tout, je n'ai pas reçu l'information par texto !

Elle enleva la sécurité de la porte à regret.

— J'ai essayé de te contacter, objecta-t-elle.

— Tu n'as pas dû essayer très fort.

— J'imagine que ça dépend des points de vue. Le numéro que tu m'avais donné n'est plus attribué. Mais tu dois le savoir, vu que ma dernière tentative a été redirigée vers ton assistante, cette espèce de robot sans âme !

— C'est une très bonne assistante…

Il était pourtant possible qu'il l'ait mise à la porte depuis. Les détails de l'incident restaient flous, mais il se souvenait avoir demandé à la jeune femme de répéter lorsqu'elle lui avait délivré mot pour mot le message. Au ton de sa voix, il avait conclu que l'assistante sous-entendait que Béatrice fabulait. Il s'était aussitôt emporté et lui avait demandé si elle était en train de traiter sa femme de menteuse.

— Très professionnelle, se contenta-t-il d'ajouter.

— Oh ! je n'ai aucun doute là-dessus ! Elle fait ce pour quoi on la paie. Je suppose que c'est toi qui lui as dit de me rediriger vers ton cabinet d'avocats.

— C'était *ton* idée, lui rappela-t-il.

— J'aurais dû me douter que ce serait ma faute !

Subitement, toute la rage de Béatrice sembla l'abandonner, remplacée par une lassitude et une fatigue extrêmes. Elle refoula les larmes qui lui montaient aux yeux.

Un instant interdit, Dante examina ses traits tirés et pâles et se sentit traversé d'un éclair de culpabilité.

— Ça va ? demanda-t-il.

— Je suis enceinte, pas malade.

— Alors, c'est la vérité.

— Bien sûr que non, j'ai tout inventé pour te distraire... Pardon. C'était stupide de dire cela.

Elle ferma les yeux.

— Tu devrais t'asseoir, reprit-il.

— Je devrais dormir ! J'étais en train de dormir... Allons nous asseoir, fit-elle en indiquant le salon. Fais attention, il y a des cartons partout. Nous n'avons pas terminé de nous installer.

— Tu as vu un médecin ? s'enquit-il en s'installant sur un pouf à côté du canapé.

Béatrice avait l'air d'avoir pleuré toute la semaine et semblait si fragile qu'il avait peur de la casser s'il la prenait dans ses bras. Elle hocha la tête et lui confirma, les yeux brouillés de larmes, qu'il n'y avait pas de doute.

Sous la culpabilité, il sentit poindre un sentiment étrange. Quelque chose de possessif, de protecteur. De nouveau.

— Tu as passé une échographie ? reprit-il.

— Pas encore… Qu'est-ce que tu fais ?

Il décala le téléphone qu'il venait de porter à son oreille pour murmurer :

— Je gère.

Béatrice remonta ses genoux jusqu'à sa poitrine et les entoura de ses bras dans un geste instinctivement protecteur.

— Dante, il est 3 h 30 du matin…

Dante hocha la tête, visiblement sans comprendre quel problème cela pouvait poser de réveiller les gens au beau milieu de la nuit.

Elle insista.

— Je sais que, dans ton monde, tu peux exiger ce que tu veux à l'heure que tu veux mais, dans le mien, on prend rendez-vous en plein jour, et on est mis sur liste d'attente.

— Liste d'attente ? répéta Dante comme s'il s'agissait d'un mot nouveau.

— Si tu veux faire quelque chose d'utile, prépare-moi un thé. Au gingembre. Ça aide, pour les nausées. La cuisine est là, fit-elle en l'indiquant du geste. Premier placard à droite.

Elle ferma les yeux, trop épuisée pour se préoccuper de ce qu'il ferait ou non.

Elle ne les rouvrit qu'en sentant la main qu'il posait sur son bras.

— Bois, intima-t-il en lui tendant la tasse.

Elle s'exécuta, soufflant sur le liquide brûlant, pendant qu'il prenait place sur le canapé opposé sans un mot de plus.

C'était comme se trouver dans l'œil du cyclone : le calme était trompeur. Finalement, après qu'elle eut bu, Dante déplia son corps longiligne et se remit sur ses pieds.

— Je n'ai pas pensé à l'heure, admit-il. J'étais…

— Sous le choc. Je comprends.

— J'imagine que tu dois te sentir… Je sais que ce n'est pas ce que tu voulais, mais c'est en train d'arriver, et il va falloir prendre des dispositions.

— Pas la peine. Je gère. J'ai réservé ma future échographie, c'est dans quelques semaines.

— Très bien, je l'annule et j'en reprends une pour quand nous reviendrons, murmura-t-il comme pour lui-même.

Elle sursauta.

— Revenir ? s'exclama-t-elle. D'où ? Je ne vais nulle part. Je suis ici, j'y reste. Détends-toi, Dante. Une fois le divorce prononcé, on s'occupera des détails…

— Mais de quoi parles-tu ? gronda-t-il. Il n'y aura pas de divorce, maintenant que tu portes mon enfant. Cet enfant est l'héritier de la couronne. Ça change tout,

Il avait l'air aussi déterminé que ses paroles le laissaient soupçonner, mais il y avait aussi dans ses yeux une lueur paniquée, comme celle d'un animal sauvage pris au piège.

Elle se redressa, oppressée.

— Il ou elle ne voudra rien de tout cela, répondit-elle, pressant la main contre son ventre.

— Est-ce à un enfant de décider de ce genre de choses ? Tu comptes le priver de son héritage ?

— Ça n'a rendu très heureux ni Carl ni toi, rétorqua-t-elle.

Et nous n'avons pas à répéter les erreurs de nos parents. Il y a sûrement un autre moyen. Je ne peux pas revenir à cette vie… Je refuse de me laisser manipuler à nouveau.

Dante lui jeta un regard étrange.

— C'est comme cela que tu le vivais ?

Sa surprise semblait authentique.

— C'est comme cela que les choses se sont passées, Dante.

— Ça n'aura rien à voir. Nous ferons des changements…

Elle n'aurait pas eu la force de cacher son extrême scepticisme même si elle l'avait voulu.

— Vraiment ? Et peut-on savoir lesquels ?

— Je placerai ma famille avant mes intérêts. Il ne s'agit pas simplement d'avoir un héritier, Béatrice. Pour moi, c'est aussi devenir père.

Jusqu'à cet instant, il n'avait pas donc réellement saisi la différence – pourtant massive – entre les deux perspectives !

— Tu ne peux pas élever cet enfant seule, reprit-il en tendant la main pour lui caresser la joue.

Elle combattit l'envie de la lui abandonner.

— Plein de gens le font tous les jours, certains par choix…

— Tu as le choix, justement. Nous avons essayé la séparation, pourquoi pas la vie à deux ? Un mariage-test…

— C'est un autre mot pour « faux ». Je passe, merci.

Elle se sentait épuisée. Le stress physique et émotionnel de ces derniers jours, couplé à ses hormones de grossesse, lui sapait le moral. Elle se sentait saisie d'un fatalisme dangereux. Pourtant, elle ne voyait pas de mensonge dans les émotions qu'elle lisait dans le regard de Dante, rien de faux ou d'hypocrite.

Peut-être que ce fut ce regard, le souci évident dans ses yeux, allié à la culpabilité, qui lui fit déposer les armes.

— Si je reviens, les choses devront en effet changer, lâcha-t-elle dans une posture de défi.

— Je te promets qu'on te laissera vivre à ta guise.

— Je veux être autre chose qu'un accessoire décoratif, Dante. Je veux être traitée en égale, pas constamment rabaissée. Oh…

Elle lui jeta un regard par en dessous et ajouta :

— Et je veux que nous gardions la grossesse secrète les trois premiers mois. Jusqu'à ce que nous soyons sûrs.

— Même pour mes parents ?

Elle éclata d'un petit rire triste.

— *Surtout* pour tes parents.

Elle ne supporterait pas leurs faux-semblants. Ils voulaient un héritier. Pendant quelque temps, elle serait traitée comme l'une des leurs, avant qu'ils ne complotent pour la séparer de l'enfant.

Cette certitude était-elle un symptôme de sa paranoïa ? Il valait toujours mieux cela que d'être naïve.

— Ils ne m'aiment pas et ne m'ont jamais aimée, reprit-elle. Ça me va. Après tout, je ne les aime pas non plus.

Dante hocha silencieusement la tête.

— Toute cette attente, ce secret… Est-ce que le médecin a décelé une potentielle complication ?

— Non, rassure-toi. Mais c'est trop tôt pour l'annoncer. Si le cauchemar devait recommencer…

Elle sentit les larmes lui revenir et détourna les yeux.

— Je veux que personne d'autre ne soit au courant, poursuivit-elle. Je me moque de ce que tu leur diras…

Dante se leva, faillit s'approcher puis recula d'un pas, comme si l'élan protecteur qui l'avait saisi lui avait fait peur.

— Tout ira bien, Béatrice.

— Tu n'en sais rien. Ça arrive, personne n'est à l'abri, et si nous l'avons déjà vécu, ça peut recommencer.

Sa voix se brisa, et elle sentit une larme rouler le long de sa joue. Dante posa la main sur son cou, caressa sa nuque et l'attira à lui.

— Je ne crois pas que je pourrai revivre cela, murmura-t-elle contre son torse.

Dante lui embrassa les cheveux sans rien dire.

Il la protégerait des attaques du monde. Pour l'instant, elle pouvait déjà se réfugier contre lui et pleurer tout son soûl, évacuer l'angoisse qui la rongeait.

Lorsque ses larmes se furent calmées, elle resta quelques instants de plus dans le confort de ses bras.

— Merci, renifla-t-elle après un long soupir.

— Je t'en prie.

— Je dois être affreuse.

— Moche comme tout.

Elle laissa échapper un petit rire à travers ses larmes.

— Et bientôt, poursuivit-il en la berçant dans ses bras, tu deviendras si énorme que tu n'arriveras même plus à voir tes pieds.

Est-ce que tu m'aimeras toujours ?

Elle ne permit pas à ces mots de franchir le seuil de ses lèvres.

Dante ne l'aimait pas. Pour l'instant.

7.

Le brouillard qui nappait la piste du petit aéroport privé fit bientôt place au ciel d'un bleu immaculé.

Le soleil brillait de tous ses feux, mais cela n'apaisait pas Béatrice. La tension accumulée dans ses épaules ne se dissipa nullement lorsqu'elle défit sa ceinture et se renfonça dans le siège en cuir frappé aux armes de la famille royale de San Macizo.

La famille royale… Seul l'enfant les pousserait à l'accueillir avec un semblant de politesse. Elle le savait et s'en moquait, mais c'était plus douloureux de songer que Dante agissait avec le même intérêt au cœur. Imaginer que la reprise de leur mariage soit due à quoi que ce soit d'autre, ce serait se bercer d'illusions.

La voix du pilote leur parvint en italien, la langue officielle à San Macizo, portée par les haut-parleurs du jet privé et indiquant la possibilité de turbulences.

Dante lui traduisit ce qu'ils entendaient, et elle hocha distraitement la tête, même si elle avait déjà très bien compris par elle-même grâce aux leçons prises lors de son premier séjour.

Elle regarda Dante défaire sa ceinture de sécurité avant de faire sauter le bouton de sa veste gris perle.

Il semblait merveilleusement serein. Elle, par contre, se savait incapable de lire un magazine ou de se détendre. Jusqu'à leur arrivée à l'aéroport, elle s'était interdit de penser à ce qui l'attendait. Désormais, il lui était impossible de se concentrer sur autre chose.

Après quelques minutes, pourtant, un fait nouveau lui apparut : Dante ne s'était toujours pas levé pour s'isoler dans une autre pièce de l'appareil et se remettre au travail. Il n'accordait même aucune attention à l'ordinateur portable posé sur le siège à ses côtés.

C'était anormal. Dante ne manquait jamais une occasion de s'immerger dans le travail.

Elle poussa un soupir résigné et attrapa son livre.

S'il lui était impossible de s'intéresser à sa lecture, au moins n'aurait-elle pas à fixer son mari dans le blanc des yeux.

Son « mari »… Elle se souvenait d'une époque où ce mot la remplissait de joie. C'était il y avait longtemps, maintenant. Elle avait été naïve. Malgré l'acte officiel, Dante ne s'était probablement jamais investi dans ce rôle, même en tant que père de leur futur enfant. Être à ce point attirée par un homme incapable de l'aimer et aveugle à la réalité…

L'image douloureuse de sa mère s'imposa à son esprit.

Elle n'aimait pas l'idée d'une histoire qui se répéterait. Il lui fallait échapper au cercle vicieux. Elle aurait dû s'en rendre compte plus tôt au lieu de vivre son bref mariage dans un monde totalement fantasmé. Comment ne pas s'en vouloir ?

Au moins Dante ne ressemblait en rien à son ex-beau-père, un pervers narcissique méchant et manipulateur. Mais il n'était pas non plus celui qu'elle avait imaginé. Il était direct, complexe, impatient, intransigeant, et il ne souffrait aucune incompétence. Mais son seul vrai défaut, finalement, c'était qu'il ne l'aimait pas – ce qui n'était pas une raison suffisante pour priver leur enfant de l'amour d'un père ni de son héritage.

— Est-ce que tout va bien ?

Elle sursauta, tirée de ses réflexions.

— Quoi ? Oui, pourquoi ?

Il haussa un sourcil ironique et pointa le livre qui gisait sur ses genoux.

— Tu le tiens à l'envers.

Rougissante, elle referma l'ouvrage.

— Je n'ai jamais été très à l'aise en avion.

— Il n'y a pas de contre-indications à ce stade de ta grossesse…

Devant son regard interloqué, il ajouta :

— Je me suis renseigné sur le sujet.

— Nous sommes bien d'accord, tout cela reste entre nous pour le moment, n'est-ce pas ?

— J'ai discrètement cherché de bons obstétriciens. Discrètement. Il est important de surveiller le bon développement de la grossesse.

Elle hocha la tête.

— Bon. Et qu'est-ce que tu as dit à tes parents ?

— Je leur ai dit que nous étions ensemble à nouveau.

— La conversation a dû être intéressante, ironisa-t-elle.

— Tu n'auras pas à te soucier d'eux. Il y a bien longtemps que je n'essaye plus d'obtenir leur validation. Je me souviens d'ailleurs exactement du moment où j'ai pris cette décision, debout devant la cheminée où les flammes consumaient la carte de Noël que je leur avais écrite et qu'ils n'avaient même pas jugé bon d'ouvrir. Lorsqu'il n'en est plus resté qu'un petit tas de cendres, j'ai décidé que, comme je ne comptais pas pour eux, autant m'amuser et leur offrir le reflet exact de l'irresponsabilité qu'ils m'attribuaient… Ah, j'oubliais, mon grand-père nous envoie ses bons vœux, et il espère que tu pourras bientôt lui offrir une partie d'échecs digne de ce nom.

Elle sourit.

— Au moins, j'ai un ami au palais !

Une ombre passa dans le regard de Dante.

— Tu y auras aussi un mari, je te signale.

— Je ne l'ai pas oublié, dit-elle en laissant échapper un soupir.

Pourtant, la dernière fois, il l'avait délaissée à l'instant où les portes du palais s'étaient refermées sur eux. Par la suite, elle ne lui avait servi que de jouet, lorsqu'il en avait envie.

— Quel soupir ! fit-il remarquer. Tu sais, c'est un virage à 180 degrés que j'essaye de prendre. Ce n'est pas très facile. Il n'y a pas vraiment de cours pour devenir prince héritier. On m'a donné quelques bons conseils, pas mal de mauvais. Mes parents me disent de déléguer, une méthode qu'ils appliquent à tous les domaines de leur vie, comme tu le sais déjà. Grand-père, lui, m'a conseillé de n'accorder ma confiance à personne et de ne pas croire un mot de ce qu'on essayait de me dire. Avis particulièrement pertinent,

— Et penses-tu avoir trouvé ton style, désormais ?

— J'aimerais pouvoir dire que je trace ma propre route loin des influences extérieures, mais le jury n'a pas encore rendu son verdict, conclut-il en souriant.

Le commentaire arracha un rire à Béatrice, et Dante sourit.

— Cela faisait longtemps que je n'avais pas entendu ce rire.

L'atmosphère changeait dans la cabine de l'appareil.

Elle se perdit un instant dans le sourire de Dante, avant de pousser un nouveau soupir.

Pourrait-elle un jour le regarder sans sentir son ventre se tordre sous l'effet du désir ?

— À quoi penses-tu ? demanda Dante. Tu peux me le dire.

— Oh ! ce n'est rien ! Tu as l'air tellement…

Elle s'interrompit.

— Oui ?

— Ça doit être simplement que…

— Quoi ? insista-t-il, un brin impatient.

— Tu es toujours…

Ses mains accompagnèrent ses paroles comme pour tenter de préciser ce qu'elle essayait de dire, avant qu'elle n'abandonne et ne lâche simplement :

— Tu es toujours là.

Dante fronça les sourcils, perplexe.

— Où voudrais-tu que je sois ?

Un petit rire monta aux lèvres de Béatrice.

Où pensait-elle qu'il serait ? Ailleurs. Appelé à des choses plus importantes.

Ne s'était-il pas rendu compte que, à l'instant où il avait reçu la nouvelle du renoncement de son frère, il l'avait écartée de sa vie ? Dès ce moment, elle s'était sentie de trop. Une présence embarrassante au mieux, une charge de plus dans la longue liste des choses qu'il devait désormais gérer.

Elle se mordit la lèvre, saisie par l'amertume, et rejeta sa chevelure derrière son épaule, captant malgré elle le regard de Dante.

Face à elle, il semblait désemparé, luttant peut-être contre l'instinct qui le poussait à attraper son ordinateur et à se réfugier dans le travail.

Le voyage promettait d'être intéressant si les choses continuaient ainsi… Devait-elle boutonner plus haut son chemisier, remettre la veste de tailleur posée sur le siège à ses côtés ?

Elle se composa une expression neutre et croisa les jambes.

Il lui était toujours difficile de rester de marbre aux

côtés de Dante, mais dans un espace restreint, face à la calme puissance qu'il exsudait, la tâche semblait presque impossible.

— Ça va, lui assura-t-elle en voyant qu'il ne la lâchait toujours pas du regard. Fais ce que tu veux, n'hésite pas à…

De la main, elle désigna l'ordinateur en bâillant.

— Pardon, mais je n'ai pas beaucoup dormi cette nuit…

Maya et elle avaient parlé jusqu'aux premières lueurs de l'aube. Après son départ, elle s'était allongée, redoutant le moment où il faudrait se lever. Elle s'était finalement endormie une demi-heure avant que son réveil ne sonne.

— Ni la nuit précédente, ajouta-t-elle comme pour elle-même. Sans vouloir te vexer, bien sûr.

— Navré d'avoir perturbé ton sommeil.

— Oh ! ce n'était pas la première fois !

Elle aurait pu mettre la panique qui lui crispait le ventre sur le compte des turbulences qui secouaient l'appareil par intermittence, mais elle savait que la cause était ailleurs.

— Ça va ?

— Très bien. J'ai toujours adoré les montagnes russes.

Dante fixa son visage avec anxiété.

— Tu as l'air épuisée.

— Merci, répondit-elle, amère. Maya et moi, nous avons essayé de dresser un plan d'action pour le travail, puisque je ne vais pas être sur place.

— Mettre un business sur pied est un vrai défi. Elle compte s'en occuper seule, alors ? demanda-t-il.

Béatrice sentit la culpabilité la rattraper.

Elle laissait tomber sa sœur une fois de plus. D'un commun accord, elles avaient décidé que Maya ne pouvait pas mettre le projet entre parenthèses.

— Elle a dit qu'elle se satisferait d'un format moins ambitieux.

— Et tu te dis qu'elle ment.

— Bien sûr qu'elle ment.

Dante hocha la tête, l'air pensif.

— Hum, je comptais justement suggérer que... J'ai des contacts qui pourraient l'aider. Tu penses qu'elle serait ouverte à l'idée d'experts pour la conseiller, par exemple ? Je connais aussi quelqu'un qui pourrait être intéressé par un investissement.

— Quelqu'un... Toi ?

— Un anonyme, répondit-il doucement.

— C'est très généreux de ta part.

— Mon principal souci, c'est que tu ne passes pas ta grossesse à t'inquiéter pour ta sœur.

— Eh bien, je lui en parlerai, mais c'est un sujet délicat. Elle a dû composer avec beaucoup de préjugés sur sa personne. La plupart des gens n'arrivent pas à dépasser son joli minois...

— Pourtant, je ne parierais pas contre vous deux, une fois que vous avez une idée en tête !

Béatrice sourit au compliment.

— Nous aimons les défis.

Les turbulences s'étaient calmées. Rattrapée par ses pensées, elle reporta son attention sur l'étendue du ciel qu'elle voyait par le hublot.

— Je veux être une bonne mère, murmura-t-elle sans regarder Dante.

— C'est ce que tu seras, bien sûr, répondit-il d'une voix douce.

— Tu le crois vraiment ?

Avant que Dante puisse répondre à ce criant appel au réconfort, un steward apparut pour proposer des rafraîchissements. Dante allait traduire, mais Béatrice ne lui en laissa pas le temps. Elle répondit au jeune homme pour commander un thé et des biscuits dans un italien légèrement hésitant mais correct.

Dante attendit que le steward ait disparu pour demander :

— Depuis quand parles-tu italien ?

Elle haussa les épaules, tâchant de ne pas savourer sa victoire de manière trop visible.

— Depuis que j'utilise les bases que j'ai fini par acquérir. Même une mauvaise étudiante retient quelques petites choses en dix mois, et j'ai décidé de continuer après mon départ. Il y a de bons cours en ligne, et une corde en plus à mon arc peut s'avérer utile.

— La dernière fois, tu étais moins…

Elle l'interrompit.

— Cette fois, j'avais le choix.

Dante attrapa le café que le steward venait de poser sur un plateau à son côté.

— On dirait que je te forçais, lança-t-il avant de siroter une gorgée.

— Non, concéda-t-elle. Mais personne ne m'a jamais demandé si je désirais prendre des leçons ou non.

Ce n'était que par hasard, dans un restaurant italien, qu'elle s'était aperçue de tout ce qu'elle avait retenu presque malgré elle.

— Maya s'est jointe à moi, et on pratique ensemble. Elle est meilleure que moi, cela dit. Elle a toujours été plus rapide pour assimiler les nouveautés.

Dante poussa un grognement qui la fit hausser un sourcil.

— Tu ne me crois pas ?

Il reposa son café sur le plateau.

— Ta sœur a un don pour les langues. Très bien, si tu le dis.

— C'est ce que je dis, oui.

Elle le fixa, sourcils froncés, et finit par ajouter :

— Quel est ton problème, au juste, avec ma sœur ?

— Je n'ai pas de problème, argua Dante, avant de se corriger. Je vais te parler franchement. Est-ce que tu te rends compte des lauriers que tu lui tresses en permanence ? « Maya est brillante, Maya est magnifique, Maya pense que… » Si j'ai bien compris, Maya a eu les mêmes opportunités que toi, et elle a pourtant lâché ses études sans diplôme, avant de travailler pour une œuvre caritative et de la planter, elle aussi.

L'irritation de Dante montait tandis qu'il parlait.

Il n'avait rien contre Maya, mais celle-ci ne lui semblait pas être le type de personne qui remonte ses manches et affronte les problèmes. D'après ce qu'il avait pu voir, elle finissait rarement ce qu'elle commençait. En écoutant Béatrice en parler, il en avait conclu que sa sœur était probablement très enthousiaste aux premières étapes des projets, mais qu'elle perdait une grande partie de sa motivation dès qu'il fallait travailler sérieusement. Donc, pas le genre de personne avec qui monter une affaire. Comment Béatrice pouvait-elle ignorer le fait qu'elle était la plus talentueuse, la plus accomplie des deux ? À ses yeux, oui, la relation qu'elle entretenait avec sa sœur était problématique.

— Maya ne finit rien, insista-t-il. C'est toi qui as les diplômes, la carrière. Pourquoi t'en remettre tout le temps à elle dès qu'il y a une décision à prendre ?

Béatrice se mordit la lèvre.

— C'est parce que… Ce n'est pas que je…

Elle s'interrompit, les joues rouges.

— Tu ne comprendrais pas, ajouta-t-elle enfin.

— Essaie toujours.

Elle s'éclaircit la gorge.

— Voilà. Maya n'aimerait certainement pas que j'en parle, mais si je dis ce genre de choses c'est que… Pendant longtemps, j'ai été la seule à le faire.

Il fronça les sourcils, interdit, avant de secouer la tête.

— Tu parles comme si elle était victime de quelque chose…

La petite brunette qu'il connaissait semblait faite d'acier trempé sous son apparence délicate. Discrète, d'accord, mais pas du genre à se laisser marcher sur les pieds.

— Pas une victime, une survivante, lâcha Béatrice. Tu sais que notre père est mort quand nous étions très jeunes.

Il hocha la tête, l'invitant à continuer.

— Ensuite, ma mère s'est remariée.

Il le savait. Et aussi que Rachel Monk était divorcée lorsqu'il l'avait rencontrée.

Une femme étrange. Mais, après tout, à quoi pouvait-il s'attendre de la part de quelqu'un dont la fille revenait, en compagnie d'un inconnu, annoncer comme si de rien n'était qu'elle s'était mariée la semaine précédente à Vegas ? Il ne s'était pas attendu à un accueil chaleureux et, d'ailleurs, la réaction de ses propres parents avait été bien pire.

Sa nouvelle belle-mère, passé le choc initial, s'était montrée polie. Par la suite, elle ne s'était jamais assez détendue en sa compagnie pour qu'il puisse réviser son jugement sur elle. Pour Rachel, il représentait une menace pour le bonheur de sa fille… Et il semblait qu'elle ait eu raison, finalement.

À l'époque, Béatrice avait mentionné le remariage de sa mère sans s'étendre sur le sujet. Il n'avait pas cru bon de creuser : dans le monde au sein duquel il vivait, les mariages ne duraient guère, et, quand ils résistaient, cela tenait à des raisons plus pécuniaires que sentimentales.

— Ils ont divorcé il y a plusieurs années, c'est cela ?

— Dieu merci, oui !

— Tu ne l'aimais pas.

— C'était un être ignoble.

Le temps n'avait rien réparé pour elle…

Dante se figea, puis il finit par formuler sa crainte la plus sourde :

— Il… Il t'a fait du mal ?

— Pas à moi, non. Il n'a jamais vraiment fait attention à moi. Je n'étais pas sa cible. Trop grande pour mon âge, trop empotée à l'époque. Il ne me trouvait ni jolie ni intelligente. Je ne présentais aucun risque pour lui.

Dante détailla le beau visage de Béatrice, ses lèvres pleines, ses yeux bleu cobalt étincelants sous les cils baissés.

Il lui était difficile de l'imaginer en canard boiteux. Pour lui, elle avait toujours été sublime. Si elle accordait si peu de crédit à sa beauté, c'est parce qu'elle était la femme la moins vaniteuse qu'il ait rencontrée.

— Il aimait être au centre de l'attention, notamment avec ma mère, et il n'aimait pas la compétition, reprit-elle. Si les visages ne s'éclairaient pas quand j'entrais dans une pièce, en revanche, quand c'était Maya… Elle était tellement jolie ! Une poupée de porcelaine, disait-on. Elle détestait ça, d'ailleurs. Ceux qui la connaissaient savaient qu'elle était du genre garçon manqué ! Et elle avait du talent. Mon ex-beau-père ressentait le lien spécial que ma mère et elle entretenaient. Il s'en est pris à elle dès le début. Oh ! il n'a jamais levé la main sur nous ! Les gens se figurent tout le temps que l'abus est nécessairement physique, mais la torture peut prendre de nombreuses formes. Il n'avait pas besoin d'être violent…

Béatrice fit une pause pour chasser une larme.

— Papa et maman lui avaient toujours dit qu'elle était spéciale, parce qu'ils ne voulaient pas qu'elle soit blessée par mon arrivée. Ils voulaient qu'elle sache qu'ils la considéreraient toujours comme leur fille, tout autant que moi.

— J'avais oublié qu'elle était adoptée, murmura Dante.

La description de cette dynamique familiale faisait resurgir ses instincts protecteurs : il était probable que, dans ce schéma, Béatrice ait fini par se sentir délaissée par ses parents qui ne cherchaient pourtant qu'à bien faire.

— Et toi ? demanda-t-il.

Elle lui jeta un regard interrogateur.

— Pendant qu'on disait à Maya qu'elle était spéciale, comment te sentais-tu ? compléta-t-il.

Béatrice émit un petit rire et secoua la tête.

— Moi, ça allait. Je n'ai pas dû bien m'expliquer… Nos parents voulaient que nous sachions toutes deux que nous étions spéciales. Maman avait un lien particulier avec Maya… Tu peux être aimée de tes deux parents et être plus proche de l'un des deux. Moi j'étais une vraie fille à papa, admit-elle avec un petit sourire triste. J'ai toujours été la plus proche de lui.

Dante l'observa avec intensité alors qu'elle détournait la tête sur le côté comme pour lui refuser l'accès à un souvenir trop douloureux.

— On était une famille heureuse. Même après la mort de notre père. On était là les unes pour les autres. Et puis… Tout a changé du jour au lendemain à l'arrivée d'Edward. Au début, c'était bien de voir maman heureuse, se faire toute belle à nouveau. On l'aidait à se maquiller avant ses rendez-vous, Edward semblait charmant… C'est après le mariage que les choses se sont dégradées. Il a coupé ma mère de tout ce qu'elle aimait, petit à petit… C'était insidieux, presque invisible. On était enfants, on ne s'en est pas rendu compte tout de suite. Lorsque ma mère était là, il se conduisait bien avec nous mais, dans son dos, il a commencé à dénigrer Maya, l'accusant de tout et n'importe quoi. Il avait une veine sadique, il aimait la pousser aux larmes. Il la ridiculisait, se moquait de sa moindre initiative, lui répétait qu'il n'y avait aucun espoir pour elle… Elle a fini par le croire. Ça a grignoté sa confiance en elle jour après jour, comme un poison.

Dante n'en croyait pas ses oreilles. Il aurait donné n'importe quoi pour punir prestement ces agissements minables, la lâcheté pathétique de cet homme. Empli de la rage folle qu'on ressent face aux brutes, il jura malgré lui.

Béatrice leva les yeux, étonnée par le juron italien qu'il venait de lâcher, mais, perdue dans ses souvenirs, elle sembla ne pas remarquer la fureur qui l'animait.

Elle essuya ses larmes d'un revers rageur de la main.

— Maya essayait de ne pas céder face à lui, poursuivit-elle, mais Edward a brisé beaucoup de choses en elle. Sa confiance en son potentiel artistique, par exemple. Maya a commencé à se sentir incapable. Petit à petit, elle se fanait. Le pire, c'est que, lorsque j'en parlais à maman, elle ne me croyait pas. Ça a duré un long moment comme ça.

Elle soupira, un sourire amer aux lèvres.

— Tu comprends pourquoi je dis autant de bien de Maya ? Parce qu'elle le mérite et qu'elle a besoin de l'entendre.

— Oui, je comprends, murmura Dante.

Même si, selon lui, Maya n'était pas la seule femme brillante de sa famille et si Béatrice ne s'était pas non plus tirée de cette période sans cicatrices, elle qui avait toujours veillé sur sa sœur sans une once de jalousie.

Il se sentait honteux de celle qu'il avait ressentie durant son enfance où toute la lumière était braquée sur son frère, l'héritier du trône. Et plus honteux encore au souvenir de son irritation quand Béatrice faisait les louanges de sa sœur. S'il avait su tout cela plus tôt, il n'aurait pas porté pareil jugement. Mais il n'avait pas non plus demandé à en savoir plus. Maintenant, il savait que l'enfance avait noué entre ces deux-là un lien indéfectible.

Face au hublot, Béatrice continuait à parler, comme si c'était la première fois qu'elle mettait en mots ce traumatisme et qu'elle ne pouvait pas en arrêter le flot.

— Quand on voit le mal qu'Edward a fait à ma mère, aussi, avec cette satanée fécondation in vitro… Là encore, il a fait en sorte qu'elle prenne tout le poids de l'échec sur ses épaules. Maman ne pouvait pas lui offrir la famille qu'il voulait, et, malgré sa santé qui se détériorait, il la poussait à essayer encore… Une bonne épouse, une épouse digne de ce nom ne pouvait pas saboter son désir de fonder une famille.

— Ta mère a tenté la fécondation in vitro ?

Béatrice hocha la tête

Dante jura à nouveau.

— C'est pour cela que ta réaction a été si violente lorsque… Si j'avais su…

Elle se tourna vers lui.

— Je préfère mettre mon histoire familiale de côté sur ce chapitre-là. Ma réaction n'était pas si violente, Dante. Le problème, c'était qu'une décision aussi personnelle, aussi intime, cela ne s'impose pas. On en discute d'abord ensemble.

— Je pensais que tu ne voulais simplement pas d'enfant. Après la fausse couche, je me suis dit…

Elle porta la main à son ventre, un sourire amer au visage.

— Ce n'était pas moi qui ne voulais pas d'enfant, Dante. C'était toi. Ce que tu voulais, c'était un héritier.

Muet, il sentit la honte le transpercer.

La femme qui se tenait en face de lui ne semblait en vouloir à personne. Ses souvenirs, pleins d'empathie pour sa mère et sa sœur, laissaient de côté ce qu'elle avait dû subir elle-même. Pourtant, elle aussi avait été victime de son beau-père.

— Pourquoi ne m'as-tu jamais rien dit de tout cela ?

— Ce n'est pas vraiment mon histoire. C'était à Maya de…

Elle s'interrompit et lui lança un regard aigu.

— Nous n'avons jamais atteint ce niveau d'intimité, n'est-ce pas ? Même mariés, nous ne parlions pas de cette manière.

Sur le point de protester, il préféra se taire. Elle avait raison, évidemment.

Elle secoua la tête, submergée par ses émotions.

— On a oublié d'apprendre à se connaître, et on a directement sauté à la case divorce…

Il n'était qu'à un mètre d'elle : il n'avait qu'à tendre la main pour la toucher. Le désir de la prendre entre ses bras était toujours aussi puissant, si puissant qu'il était sur le point d'y céder, lorsque la voix du pilote les sortit subitement de leur bulle.

— Il m'invite à… Mais tu as compris.

— À le rejoindre. Vas-y, répondit Béatrice avec un sourire.

À moitié levé, il se figea puis se rassit.

— Non. Tout va bien.

— Je peux m'en sortir sans toi pendant quelques minutes, tu sais.

— Je le sais, tu l'as fait pendant six mois. Mais ce n'est plus nécessaire.

8.

Béatrice prit le temps de se rafraîchir. Elle retoucha son rouge à lèvres et appliqua une fine ligne de khôl sur ses paupières, sans forcer le trait. Après s'être escrimée sur son chignon, elle adressa un hochement de tête satisfait à son reflet dans le miroir.

Sa récente exposition au soleil d'hiver lui avait fait du bien. Aussi épuisée fût-elle, elle avait le teint frais et l'air énergique. Un léger nuage de parfum, son blazer, juste assez large pour qu'on puisse parler d'un effet de style étudié, et voilà, elle était prête à affronter le monde.

Avec un sourire attendri, elle se souvint de la première fois où elle était sortie de l'avion de la flotte royale, sur le tarmac de San Macizo.

Lorsque Dante avait mentionné leur trajet en jet privé, elle s'était attendue à une arrivée discrète, sur un petit aéroport. Erreur de débutante ! Éblouie par la luminosité, elle avait cru défaillir en distinguant la garde militaire, plusieurs dignitaires et la moitié de la famille royale, en chapeaux pour ces messieurs et ombrelles pour ces dames. Vu son métier, elle avait l'habitude d'être au centre de l'attention, mais c'était un rôle qu'elle tenait aux heures de bureau. Là, elle-même ne portait qu'un vieux jean, un T-shirt et une paire de baskets qui avaient connu des jours meilleurs. Sans parler de sa coiffure, libre et loin d'être soignée. Elle avait déjà porté moins de vêtements que cela en public, mais jamais elle ne s'était sentie aussi exposée !

Dante était à blâmer, bien sûr. Il ne l'avait pas prévenue, et il avait ajouté une insulte à l'offense en suggérant qu'elle faisait une montagne d'un détail négligeable.

Elle ne lui avait rien demandé au sujet de ce retour mais, vu les circonstances, le comité d'accueil serait probablement bien plus modeste, sans la moindre courbette ou autre formalité protocolaire. De toute façon, elle n'avait plus rien à prouver à qui que ce soit. En un sens, c'était libérateur d'avoir déjà échoué à l'examen. Ces derniers mois avaient accru sa confiance en elle.

Avec un hochement de tête satisfait, elle revint dans la cabine aux côtés de Dante.

— Allez, on y va.

Dante faisait défiler les publications sur son téléphone. En entendant Béatrice, il le rangea et leva les yeux.

Elle avait le ton d'une coach sportive sur le point de lâcher son équipe sur la pelouse… Et l'apparence d'une déesse.

Une chaleur bien connue l'envahit.

Béatrice avait un sens inné du style et un corps à se damner. Il se souvint de leur arrivée, la première fois. L'image ne le quitterait jamais : Béatrice, incroyablement mise en valeur par un jean qui soulignait ses fesses et ses jambes interminables, répondait à l'accueil militaire avec une grâce toute royale, ce qui l'avait impressionné. Elle était folle de rage qu'il ne l'ait pas prévenue de ce qui l'attendait, se souvint-il avec un petit sourire. Mais elle n'en avait nul besoin.

— Tu es très belle, murmura-t-il.

Béatrice se raidit et hocha la tête, laissant deviner un léger trouble.

Le comité d'accueil était effectivement réduit. Béatrice

avait gagné en assurance, elle sourit et serra quelques mains avec un naturel désarmant. Peut-être était-ce parce que, cette fois, elle se moquait d'impressionner qui que ce soit ?

— Tu es merveilleuse, lui chuchota Dante à l'oreille.

De façon inattendue, elle lui jeta un regard noir et inclina le visage comme pour cacher les larmes qui lui montaient aux yeux avant de grimper dans la limousine.

Il sentit une vague d'empathie pour elle monter en lui.

Il ne savait comment se dépêtrer de ce mélange de tendresse et de culpabilité qui bouillonnait en lui. Combien de fois l'avait-il rendue malheureuse ?

Béatrice avait senti une douce chaleur s'immiscer entre ses cuisses sous le regard de Dante. Maintenant, elle se sentait perdue à l'idée de l'épreuve qui l'attendait. Ses réactions étaient trop vives, incontrôlables.

Dante, lui, paraissait en permanence libéré de toute pression sociale ? Elle aurait bien voulu être aussi décontractée. Pour l'instant, il conversait avec un garde du corps qui portait une arme au côté.

Elle frissonna.

Voilà une chose qu'elle ne lui enviait pas ! La protection armée, les vitres blindées…

— Navré, commenta-t-il en prenant enfin place à ses côtés. Un message de Carl.

Elle hocha la tête.

— Comment va-t-il ? se força-t-elle à demander.

Elle connaissait le lien qui peut unir deux enfants d'une même famille. D'autre part, elle avait apprécié Carl, les quelques fois où ils s'étaient vus. C'était le seul membre de la famille royale, Reynard mis à part, qui l'ait accueillie et l'ait aidée à se sentir chez elle. Mais elle ne comprenait pas comment Dante avait pu vivre sans jamais se retourner contre son aîné. Cependant, elle avait toujours fait très attention à ne pas révéler son opinion – avec plus ou moins de succès.

— Il n'était pas responsable de nos problèmes maritaux, répondit Dante, comme s'il avait lu dans ses pensées.

— Je n'ai jamais pensé qu'il l'était, rétorqua-t-elle avec un petit rire qui ne convainquit personne.

Les mariages solides survivent aux tempêtes d'une vie. Le leur avait coulé au premier grain. Pourquoi pensait-il qu'il en irait autrement cette fois ?

— Qu'est-ce qui nous retarde ? reprit-elle avec impatience, son pied frappant nerveusement le plancher.

— Ça va aller, tu sais, fit-il doucement observer.

— Tu fais une confiance aveugle aux astres, ou tu lis dans le marc de café ? demanda-t-elle en grimaçant, avant de se morigéner et d'ajouter : pardon, je suis nerveuse…

Dante tendit la main et saisit la sienne.

Elle se laissa faire, levant vers lui un regard angoissé.

Incapable de refréner les larmes qui commençaient à perler, elle retira enfin sa main en murmurant :

— Les hormones…

Piètre excuse. L'atmosphère s'épaissit encore dans la limousine.

— Essaie de te détendre, dit-il.

Pensait-il que c'était facile ? Pour lui, peut-être.

— J'essaie, crois-moi.

— Tu sais à quoi t'attendre, cette fois-ci.

La panique lui contracta le larynx.

— C'est bien le problème.

Elle détourna les yeux, ses pensées revenant au commentaire de Dante à propos de son frère.

« Carl ne veut pas être roi. »

Cette simple phrase avait changé sa vie. Elle n'était pas préparée à la violence d'une existence dont chaque pas était décidé d'avance.

— Je soutiens sa décision, avait dit Dante.

— Sa décision ?

— Il renonce au titre et à son droit au trône.

Sur le moment, elle n'en avait pas compris les implications.

— Est-ce que c'est possible ? Qu'est-ce qu'il va faire ?

— Être heureux. Du moins je l'espère.

Elle avait alors eu le pressentiment que ce bonheur se ferait aux dépens du leur, et elle ne s'était pas trompée : la décision du prince héritier lui avait coûté un mari, et la perte de leur enfant y avait été liée.

— Si ça peut aider, murmura Dante, la ramenant au présent, je serai plus présent que…

Elle tourna la tête vers lui, le sourcil haussé.

— Plus que je ne l'étais, acheva-t-il. On m'attendait au tournant, à l'époque.

Il avait admis cela presque malgré lui. Venait-il de faire preuve de vulnérabilité ?

— On a fait cet enfant ensemble, ajouta-t-il. Nous prendrons à deux les décisions qui le concernent. Je veux que ça fonctionne, Béatrice.

Elle hocha la tête, et il se renfonça dans son siège.

Le convoi de limousines s'engagea sur l'ancienne voie romaine bordée de châtaigniers qui traversait la capitale de San Macizo.

Les règles strictes imposées aux promoteurs avaient empêché la construction débridée de gratte-ciel, et la crête de la ville n'offrait pratiquement au regard que la pierre et la tuile antiques, sublimées par quelques immeubles modernes dont les vitres teintées reflétaient le bleu du ciel sans nuages. Ce mélange d'ancien et de moderne se retrouvait aussi dans la culture et les arts de la table : San Macizo comptait en son sein certains des meilleurs restaurants du monde.

Alors qu'ils passaient à côté d'un bâtiment officiel, elle vit Dante lever les yeux sur le drapeau national qui claquait dans la brise.

À quoi pouvait-il bien penser ?

Sur les hauteurs de la ville, la vue s'élargit subitement, et la perspective plongea sur la mer, au-delà de la forêt de pins qui bordait une fine ligne de sable blanc, du côté est de l'île. Côté ouest, des espèces d'oiseaux protégées vivaient à l'abri, sur les corniches de hautes falaises, au sein d'un splendide parc naturel qui attirait les ornithologues du monde entier.

Avant son arrivée, Béatrice avait feuilleté de nombreux guides sur l'île, mais elle ne s'était rendu compte de la beauté stupéfiante de l'endroit qu'en y posant le pied.

Ce n'était pas simplement une question de géographie. San Macizo avait été conquis de nombreuses fois à travers les siècles, et chaque vague d'envahisseurs avait laissé ses marques. S'il n'y avait pas de trait caractéristique inhérent à ces insulaires, la beauté était probablement leur plus petit dénominateur commun. Le climat propice et le régime méditerranéen donnaient à tous un visage hâlé et un corps sain. Ce n'était pas étonnant que l'île soit régulièrement placée en tête des endroits où la vie est la plus agréable.

Dante parlait à présent au téléphone, peu sensible au paysage. La limousine traversait un chapelet de villages et de hameaux séparés par les vignes qui faisaient la célébrité de la région. Bientôt, le palais apparut à l'horizon, juché sur l'unique colline visible à des kilomètres.

Béatrice sentit sa respiration s'accélérer.

Si c'était un des endroits où l'on vivait le mieux au monde, elle ne s'en était pas rendu compte ! La position du palais était idéale pour la défense de l'île, indiquaient les livres d'histoire. Pourtant, les envahisseurs s'y étaient succédé jusqu'à cinq cents ans plus tôt, quand la famille régnante avait établi son pouvoir. Ni foyer ni forteresse, ce palais ne semblait avoir pour but que d'asseoir l'autorité de ses occupants. Le domaine était si vaste qu'on aurait pu en parler comme d'une petite ville étalée sur plusieurs hectares. Le corps principal était dédié aux affaires officielles, les ailes accueillaient les appartements privés de la famille royale. D'autres bâtiments étaient réservés au public, telle la galerie d'art de renommée internationale qui attirait chaque année des milliers des touristes.

Plus la limousine se rapprochait, plus le palais prenait de l'ampleur, envahissant tout l'espace visuel.

Béatrice détourna son regard de la fenêtre.

— C'est un gros soupir, *cara*, fit remarquer Dante. Est-ce que par hasard tu aimerais être quelqu'un d'autre ?

Il avait posé la question pour combler le silence, mais cela ouvrait la porte à une autre interrogation qui le taraudait : Béatrice aimerait-elle être *avec* quelqu'un d'autre ?

Il n'avait pas oublié sa réaction explosive de la dernière fois qu'il avait mis le sujet sur la table. Un commentaire innocent de sa part avait provoqué une telle déflagration qu'il avait fini par se demander si elle ne se sentait pas coupable de quelque chose.

Peut-être aurait-elle tout simplement aimé être seule…

Mais ce n'était pas parce que lui-même avait choisi le célibat que Béatrice était obligée de suivre la même voie.

Le célibat n'était pas un état naturel pour lui. Cependant, le sexe sans complication, dénué de tout sentiment, tel qu'il le pratiquait, était une excellente manière d'apaiser son stress.

Problème réglé, donc… Mis à part le fait que, à présent, la seule personne avec qui cette activité semblait prendre sens était Béatrice ! Mais, après tout, s'il jouait les bonnes cartes, elle n'aurait pas à rechercher qui que ce soit d'autre, non ? Il lui suffirait. Et il prendrait plaisir à être là pour elle.

Leurs regards se croisèrent.

— Rêvasser à être quelqu'un d'autre, c'est bon pour les petites filles qui veulent devenir des princesses. Ça n'a jamais été mon cas, répondit Béatrice, captant parfaitement l'ironie de son propos. Je pensais à Carl, en fait. Je veux que tu saches que je le trouve très courageux.

— Moi aussi, répondit Dante.

— Nous n'en serions pas là s'il n'avait pas fait ce choix. Je me demande d'ailleurs ce que nous serions devenus…

Il se tourna vers elle.

— Dis ce que tu as en tête. Autant en parler ici, à l'abri des oreilles indiscrètes.

Le regard de Béatrice était légèrement teinté de défiance lorsqu'elle répondit.

— Ça ne te paraît pas bizarre que nous n'ayons jamais parlé à l'époque, avant le mariage, de l'endroit où nous irions vivre, de ce que nous comptions faire ?

Il évacua la question d'un geste irrité de la main.

— Je possède tellement d'endroits possibles…

— Je sais, oui. Ton penthouse à New York, la villa de Los Angeles, l'appartement parisien… Mais je te parle d'un foyer, Dante.

— J'imagine que tu comptes me dire pourquoi mon portefeuille immobilier te pose problème.

— Avais-tu envisagé que ta vie change, ne serait-ce qu'un tant soit peu ? Ou n'étais-je vraiment qu'un joli petit accessoire à ajouter à ta collection ?

— Ma vie a changé, depuis.

— À cause de Carl, et de l'enfant, concéda-t-elle. Mais pas parce que tu l'avais décidé. Pas parce que tu t'es marié. Les gens qui s'unissent font des plans pour l'avenir, en règle générale. Pas nous. C'est tout ce que je voulais dire.

— Tu n'as jamais été un joli petit accessoire, *cara*. Tu étais magnifique. Tu l'es toujours.

La voix de Dante, basse et magnétique, envoya un frisson le long de la colonne vertébrale de Béatrice. Son cerveau se vida. Elle ferma les yeux et se cacha le visage dans les mains, laissant échapper un soupir frustré.

— Ne change pas de sujet, s'il te plaît.

— Je n'étais pas en train de…

— Tu n'as aucune idée de ce dont je te parle, n'est-ce pas ? demanda-t-elle, lasse.

— Nous…

— Il n'y a jamais eu de « nous ».

Elle sourit faiblement pour tenter d'atténuer la violence de sa phrase.

— Je n'ai jamais été faite pour toi, et ce n'est pas une question de lieu. Au palais comme ailleurs… Je n'aurais jamais pu m'adapter à ton style de vie. Je faisais toujours semblant d'être quelqu'un d'autre à tes côtés.

— Même au lit ?

Elle rougit.

— Non, admit-elle, captant l'étincelle suggestive qui avait enflammé son regard.

— Pourquoi ai-je l'impression que tout ceci équivaut à une déclaration de guerre ?

— Pas une déclaration de guerre. Plutôt une note d'intentions.

— Tu me mets en garde, c'est cela ?

Le propos semblait l'ahurir.

— Je te dis que j'en ai terminé d'essayer de changer pour toi. Je serai moi-même, désormais. C'est important pour moi comme pour l'enfant. S'il doit un jour éprouver de la honte en me regardant…

Elle s'arrêta net, comprenant en même temps que Dante à qui elle faisait référence.

— Tu en veux toujours à ta mère, n'est-ce pas ?

— Non. Non, bégaya-t-elle, troublée. Je ne lui en veux pas… Mais je ne veux pas être elle.

— Tu en es loin. Et je préfère que tu sois toi-même, conclut Dante.

Elle suivit son regard, qui avait dérivé vers la vitre teintée.

Le palais en approche étincelait de mille feux.

— *Home sweet home*, murmura-t-il. J'espère que tu pourras faire de cet endroit ton foyer, Béatrice.

Elle hocha la tête.

— C'est un lieu magnifique. On se croirait dans un rêve…

Mais la réalité était autrement plus difficile. La vie à l'intérieur, bardée de règles ancestrales, était un défi pour celui qui s'y risquait sans en maîtriser les codes. Elle n'avait pas épousé Dante pour son sang royal, mais en dépit de cela. Elle connaissait le danger qu'il y avait à s'engager à ses côtés, mais elle était trop intoxiquée par l'amour pour s'en empêcher… De toute façon, ce n'était pas l'ascendance royale de Dante, ni même sa fortune, qui figeait une assemblée dès qu'il commençait à parler. Il était difficile de nier l'élément magnétique, quasi sexuel, qui le mettait au-dessus des autres. Sa présence physique impressionnante avait un impact sur ceux qui l'entouraient. Dans un espace aussi restreint que l'habitacle de la voiture, c'était suffocant.

— Un rêve ou un cauchemar ? murmura Dante, amer, alors qu'ils franchissaient les gigantesques grilles ouvertes à leur passage, sous l'arche de pierre de l'entrée principale.

Elle se tourna vers lui.

— Ne t'inquiète pas, répondit-elle avec fermeté. Je vais faire des efforts pour que ça marche.

— Je n'en ai jamais douté.

9.

— Quels os comptes-tu jeter à la presse ?

— Pardon ?

Aux côtés de Dante, Béatrice fronça les sourcils.

— Si tu ne parles pas de moi, je vais devenir un squelette dans le placard de la famille royale ! Ils ont bien un communiqué tout prêt me concernant ? À moins que tu ne me gardes au secret pour le moment ?

L'esprit de Dante s'égara sur les potentialités qu'offrirait un espace exigu où lui seul pourrait venir la voir. Il imagina leurs deux corps serrés l'un contre l'autre… Puis il inspira profondément, tâchant de chasser les images suggestives avant d'atteindre le point où il serait incapable de dissimuler son trouble.

— Il n'y a aucun communiqué à ton sujet.

— J'imagine que je dois faire profil bas…

— Non. Si la presse pose la question, la famille royale est, je cite, « ravie de ton retour ».

— De l'ironie. Tiens, ça manquait, rétorqua Béatrice.

— Moi, en tout cas, j'en suis ravi, sincèrement.

Elle leva les yeux vers Dante. Il ne fallait pas trop interpréter le regard qu'il lui lançait.

— Personne n'y croira, grogna-t-elle. Et certainement pas moi.

L'opinion de Béatrice était pourtant celle qui importait

le plus aux yeux de Dante. Il voulait être un bon père pour leur enfant, tâcher de devenir l'homme qu'elle méritait.

— Je me suis dit que tu n'étais pas fan des armées de conseillers. Tu préfères reposer entre leurs mains ou entre les miennes ?

Voyant le regard troublé que Béatrice jetait à ses mains, il sentit son corps se tendre au souvenir des chemins qu'elles avaient tracés sur sa peau douce.

— Quand tu dis « entre leurs mains », tu veux dire soumise à leur volonté, empêchée de parler ? Oui, c'est un souci.

— Alors, bienvenue dans mon monde, rétorqua-t-il.

Béatrice en resta ébahie.

— Tu plaisantes ? Personne n'ose te dicter ta conduite ! Déjà parce que tu es un homme, sans même parler de ton statut.

— Personne n'ose… À part toi, bien sûr.

Prise par surprise, elle lutta pour refréner un sourire, et Dante lui renvoya un clin d'œil complice.

— Tu détestes mon armée de conseillers. Mais ils ont fait leur travail.

Malgré sa défiance envers ces hommes en costume austère, Béatrice devait reconnaître leur efficacité : nul détail de leur divorce n'avait fuité dans la presse. Les paparazzis qui les avaient suivis lors du premier séjour n'avaient cette fois obtenu aucun tuyau. À vrai dire, ils avaient fini par se lasser : Béatrice ne faisait rien qui puisse mériter les honneurs d'une première page. Elle ne réagissait pas aux sollicitations des reporters et n'était présente sur aucun réseau social. « Une nonne aurait fait vendre plus de papier », avait écrit l'un des scribouilleurs, découragé. Ils pouvaient parler de la longueur de ses jambes mais, une fois le sujet bouclé, ils n'avaient plus rien à se mettre sous la dent.

— Et les quatre mousquetaires, est-ce qu'ils ont fait le voyage retour avec nous ? demanda-t-elle.

— Qui donc ?

— Seb, Roberto, Luis, et celui qui a la barbe bien taillée.

Dante jura intérieurement.

L'équipe de sécurité rapprochée. Lui qui pensait qu'elle ne les avait pas remarqués parce qu'elle n'avait pas fait de scandale !

— Tu te souviens d'eux… Ils sont restés là-bas, reprit-il. Ta sœur pourrait être la cible de paparazzi. Toi, tu es en sécurité avec moi.

Béatrice lui jeta un regard ironique.

— Tu penses vraiment que ça va être aussi simple ? Je réapparais subitement, et toute ta famille est ravie ? Ils devaient être en train de comploter ton remariage. Je vais arriver comme un chien dans un jeu de quilles !

— Oui, probablement. Je vais devenir roi un jour, et qui dit un roi dit une reine.

— Et les prétendantes te conviennent ? rétorqua-t-elle, acerbe.

— *Cara*, tu es probablement mieux placée que tout le monde pour juger qui ferait la meilleure épouse.

— C'est du flirt ?

Il lui décocha un sourire malicieux.

Leur voiture s'arrêtait au pied des grands escaliers de la cour d'honneur. Le reste de l'escorte avait disparu sans que Béatrice s'en aperçoive. L'impressionnante fontaine de pierre qui ornait la cour faisait jaillir son eau sous les fenêtres des appartements privés qu'elle avait quittés huit mois plus tôt.

Elle resta assise, luttant contre le désir d'ordonner au chauffeur de faire demi-tour. Lorsqu'elle sortirait, il serait impossible de faire marche arrière.

Elle prit une grande inspiration.

Elle n'était plus la même personne que huit mois avant, songea-t-elle. La nouvelle Béatrice ne perdrait pas son sang-froid face aux épreuves de la vie, ni même lorsqu'elle respirerait le même air que Dante. Cependant, quelques instants de solitude lui feraient le plus grand bien.

— Je suis un peu fatiguée par le voyage, déclara-t-elle, formulant le mensonge idéal pour lui permettre de se retirer.

— Ah.

Elle jeta à Dante un regard suspicieux.

— Qu'est-ce que c'est que ce « ah » ?

— Il y a une réception ce soir pour l'ambassadeur de France et sa femme. L'événement est organisé depuis des lustres, il serait dangereux, diplomatiquement parlant, de faire faux bond. On a déjà dû annuler une fois. Ma mère avait une migraine… Non, à vrai dire elle avait bu.

— Très bien. Ne t'inquiète pas, je sais m'occuper toute seule, je t'attendrai.

— Ah.

Elle se renfrogna.

— Quoi, « ah », encore ?

— L'ambassadeur a été informé de ta présence. Tout manquement pourrait être interprété comme un camouflet.

— Tu parles comme eux. Les diplomates.

— Tu es dure.

— Tu ne peux pas dire que j'ai la migraine ou que j'ai bu ? fit-elle avec un sourire las.

Dante fronça les sourcils devant son visage résigné.

— Si tu te sens indisposée, tu dois te reposer, bien sûr ! Je ferai venir le docteur. C'est peut-être une bonne idée. Tu as eu une longue journée et tu ne devrais pas t'épuiser. Le stress n'est pas bon pour l'enfant.

— Ne t'inquiète pas, ça ira. Qui sera là ? demanda-t-elle, adoptant un ton de femme d'affaires.

Dante lui dressa la liste des invités principaux, qu'elle accueillit à grand renfort de soupirs et d'œillades théâtrales.

— La crème de l'ennui et de la bêtise, admit-il pour finir.

Visiblement, il n'avait aucune sympathie pour ceux dont il venait d'égrener les noms. En fait, il ressemblait à l'homme dont elle était tombée amoureuse, dédaigneux de tout protocole ou hiérarchie.

Ils avaient toujours eu le même sens du second degré.

— J'irais mieux après une bouteille de champagne, répliqua-t-elle, se délectant de l'expression horrifiée qu'afficha le visage de Dante avant qu'il ne comprenne qu'elle plaisantait. Tu ne te souviens pas que nous avions le même sens de l'humour ?

La tension palpable qui régnait toujours entre eux sembla s'épaissir encore lorsque Dante captura son regard.

— Je n'ai *rien* oublié, Béatrice.

La gorge sèche, le cœur battant, elle se perdit dans ses yeux. Un instant, ni l'un ni l'autre n'osa élever la voix. Seuls leurs regards parlaient, d'un même langage. Lorsque Dante brisa enfin le silence, elle sentait son cœur battre entre ses cuisses.

— Allons directement au lit. Sautons le repas et oublions tous ces plaisantins.

— Tu n'es pas sérieux, Dante !

Il haussa un sourcil, l'œil moqueur.

— À ton avis ?

Son rire la suivit jusqu'au dehors de la voiture, qu'elle avait quittée précipitamment pour mettre de la distance entre eux.

S'il continuait à jouer ainsi, elle ne tiendrait pas longtemps.

Passé la porte d'entrée et les deux gardes en faction immobiles comme des statues, elle ferma les yeux une demi-seconde.

Lorsqu'elle les rouvrit, elle fut assaillie par les souvenirs.

Deux rangées de chandeliers étincelants illuminaient le vaste hall de pierre blonde. De chaque côté, les armures d'époque juchées sur leur piédestal semblaient se pencher sur elle d'un air désapprobateur.

Devant elle, le portrait grandeur nature d'un précédent roi de San Macizo, à l'époque où il n'était encore que prince héritier, trônait dans son imposant cadre doré. La première fois qu'elle était venue, elle avait remarqué les similarités entre Dante et lui. Les portraits des épouses successives du futur roi étaient accrochés dans une partie plus reculée du palais. Selon la légende, la première d'entre elles – son seul véritable amour – était morte en couches, laissant le roi brisé, incapable d'aimer à nouveau.

Les ancêtres de Dante avaient-ils tous eu une vie intime aussi dramatique ?

Elle eut une pensée pour toutes les femmes qui avaient accompagné ces figures royales, et soudain elle se sentit submergée par la panique. Le sang battait à ses tempes, et il lui fallut plusieurs secondes pour chasser le bourdonnement qui faisait rage à ses oreilles.

Dante se tenait à quelques mètres derrière Béatrice. Il remarqua son malaise, et l'énormité de ce qu'il était en train de lui demander le frappa comme un coup de poing porté à l'estomac.

Il était prêt à porter le poids de la culpabilité, il l'avait anticipé. Ce qu'il n'avait pas prévu, c'était de ressentir aussi cruellement à quel point il avait souffert de l'absence de sa femme. La voir à nouveau dans le cadre du palais semblait rouvrir de nombreuses blessures qu'il avait refusé de reconnaître ces derniers mois.

L'éducation qu'il avait reçue l'avait poussé à se débrouiller seul très rapidement. À six ans, il avait été envoyé en pension, une pension où l'on séparait les frères pour endurcir le caractère des enfants. Il en avait conclu que seuls les forts survivaient au sein de ce lieu hostile : la faiblesse vous exposait au harcèlement, au désespoir. Il était rentré, privilégié, dans le système scolaire, et en était ressorti, privilégié toujours, mais aussi diablement égoïste.

Il rejoignit rapidement Béatrice.

— Je vais te trouver une excuse pour ce soir. Il faut que tu te reposes.

Elle haussa le menton.

— Je peux très bien en trouver une toute seule. Ne t'inquiète pas pour le bébé. Je ne ferai rien qui puisse le mettre en danger.

— Le ?

— Ou la…

— Tu ne veux pas savoir ?

Une émotion douloureuse passa sur son visage. Sa première grossesse n'avait pas duré assez longtemps pour qu'elle puisse se poser la question.

— Je ne suis pas sûre… D'ailleurs, est-ce que ça compte ? demanda-t-elle avec tristesse.

— Est-ce que ça compte ? répéta-t-il sans comprendre.

— Je veux dire, est-ce qu'une femme peut accéder au trône ?

Instinctivement, il se rapprocha d'elle et posa une main sur son ventre.

— Si c'est une fille, lorsqu'elle sera en âge de se poser la question, les choses auront changé.

Les yeux écarquillés, Béatrice retint son souffle jusqu'à ce que Dante laisse retomber sa main.

— Tu comptes changer les choses, donc ?

— Petit à petit, oui.

Les plis que son sourire formait au coin de ses yeux étaient désarmants.

Dante choisit ce moment pour se tourner vers le grand

escalier qui donnait accès à leurs appartements privés, et elle en fut doublement troublée.

— Finalement, dit-elle après avoir avalé sa salive, il vaut peut-être mieux que je vienne à la réception. Je devrai bien croiser tes parents à un moment ou à un autre, alors autant le faire ce soir.

Leur parler en présence de Dante limiterait, si tout allait bien, la quantité des piques qu'elle recevrait. Il fallait à tout prix maintenir les apparences.

— Très bien. Après toi. Tu connais le chemin fit-il en désignant le bel escalier.

— Quelle est ma chambre ? demanda-t-elle étourdiment lorsqu'ils furent à l'étage.

Puis elle se figea devant l'air étonné de Dante.

— Je… Je suis dans ta chambre ? reprit-elle.

C'était sans doute dans le but de sauvegarder les apparences, car il allait probablement passer ses soirées à rencontrer l'une après l'autre les candidates à la couronne.

C'était horripilant ce que la nausée montait vite lorsqu'elle pensait à ce genre de choses. Elle en souffrait chaque fois qu'elle envisageait le remariage de Dante.

— Elle est confortable, non ? répondit-il, l'air innocent.

Elle aurait éclaté de rire si cet arrangement n'avait pas appelé autant de questions. Dormir dans le même lit que celui qu'ils avaient partagé… Comme si tout cela n'était pas assez difficile ! Elle était sortie de sa vie. Y entrer à nouveau posait de nombreux défis. La nuit avec elle, au chalet, avait probablement mis Dante sur la mauvaise voie.

— Tes affaires y sont toujours, ajouta-t-il.

Elle s'était attendue à ce que ses affaires soient mises au rebut la seconde suivant son départ. Cette information jetée nonchalamment ne fit qu'augmenter sa confusion.

Était-ce une erreur des équipes de ménage ?

Pourtant ce genre de bévues n'existait pas au sein du

palais. L'armée de petites mains était toujours présente, discrète, pour faciliter la vie des occupants, et on passait la journée entière sans lever le petit doigt. Il y avait toujours quelqu'un pour vous aider dans les tâches les plus triviales, facilité à laquelle il lui avait été particulièrement pénible de s'habituer. Elle ne se voyait pas passer le reste de sa vie à renâcler dès qu'il fallait s'attaquer aux tâches du quotidien, elle voulait faire les choses elle-même ! Mais, au palais, on fronçait les sourcils devant ceux qui faisaient preuve d'initiative personnelle. Elle s'était attendue à ce que Dante rie de concert face à l'absurdité de cette situation mais, lorsqu'elle s'était ouverte à lui sur le sujet, il avait lui aussi froncé les sourcils.

— Tu ne peux pas simplement t'en accommoder ? Est-ce que ça vaut vraiment le coup d'en faire un cheval de bataille ? avait-il demandé.

C'était alors qu'elle avait mesuré qu'ils ne riaient plus des mêmes choses. D'ailleurs, Dante ne riait plus. L'homme qui se moquait des travers de sa famille semblait avoir disparu. Avait-il seulement existé ?

Elle releva les yeux vers lui, le regard assombri.

— C'est ta chambre. J'en prendrai une autre.

— C'est *notre* chambre, répondit fermement Dante. Prends-la. Tout est resté comme tu l'as laissé.

Lorsqu'il avait ordonné que l'on ne touche à rien, personne n'avait remis en cause ses instructions. Il n'avait lui-même pas cherché à comprendre le sens de sa décision, mais Béatrice le forçait désormais à se pencher sur la question.

À l'époque, il s'était répété qu'il finirait par faire évacuer les affaires, mais il avait repoussé le moment *sine die*. Il ne dormait plus dans cette chambre. Lorsqu'il couchait au palais, c'était sur le canapé de son bureau. C'était plus simple, se répétait-il. Un jeu de vêtements propres l'y attendait toujours, ainsi que quelques affaires de sport.

Il pouvait s'y doucher et enfiler une chemise propre. Il n'évitait rien. Il n'y avait rien de symbolique dans cette histoire. Presque pas de déni. Béatrice était partie, et c'était tout aussi bien pour lui que pour elle.

— Mais je n'allais pas revenir, murmura-t-elle.

Il haussa les épaules, exaspéré.

— Et pourtant, te voilà de retour !

Après une seconde d'hésitation, il posa sa main sur la joue de Béatrice.

— Écoute, je sais que c'est dur pour toi, mais…

Il retira subitement sa main alors que des rires étouffés précédaient l'arrivée de deux soubrettes, qui se figèrent à leur vue.

— *Scusi*, Votre Majesté…

Les yeux arrondis par la surprise, les deux jeunes filles firent la révérence. Béatrice leur adressa un sourire forcé, et Dante les renvoya.

Une chose était claire : si leur arrivée n'avait pas été annoncée officiellement aux équipes du palais, ce serait bientôt le cas officieusement !

— Elles prennent un raccourci en passant par cette suite en mon absence, et elles pensent que je ne le sais pas, expliqua-t-il, amusé. En tout cas, la nouvelle de notre retour va se propager comme une traînée de poudre.

— J'ai déjà les oreilles qui sifflent, ironisa Béatrice.

— Elles siffleraient bien plus fort si nous dormions dans deux ailes opposées du château, fit-il remarquer.

— Est-ce que c'était seulement en option ?

Il resta un instant muet, remuant des pensées amères, avant de hausser les épaules.

— Tu peux te détendre. Si c'est ce que tu préfères, il y a toujours le lit dans le dressing-room. Tu t'en souviens ?

Béatrice baissa les yeux.

Bien sûr qu'elle s'en souvenait.

Dante avait passé plusieurs nuits à ne la rejoindre qu'à 3 heures du matin pour repartir à 6. Elle s'en était plainte, car ce n'était pas, selon elle, une relation équilibrée entre vie et travail. Mais Dante était passé totalement à côté de son propos. Convaincu qu'elle lui reprochait de la déranger dans son sommeil, il avait installé un lit dans le dressing adjacent.

La seule fois où il l'avait utilisé, elle n'avait pas tenu cinq minutes avant de quitter le lit gigantesque de leur chambre pour l'y rejoindre. Les images de cet instant lui revenaient en nombre : leurs corps entremêlés, le besoin qu'il avait de se perdre en elle, son envie de se donner.

Elle lutta pour ne pas s'abandonner à la chaleur qui se répandait en elle.

— Oui. Mais, maintenant, c'est toi qui fais les règles.

Dante eut un rire amer.

— C'est comme ça que tu me vois ? En dictateur ?

Elle n'avait pas anticipé les émotions que sa remarque allait susciter chez Dante. Avait-elle heurté une corde sensible ?

Elle avait deviné, à l'époque, qu'il lui avait été difficile de se faire à son nouveau statut. Il avait dû lutter contre sa propre inexpérience. Son père ne l'aidait pas : s'il refusait d'abandonner la moindre parcelle de pouvoir, il détestait aussi quitter sa partie de golf pour assister à des réunions interminables. Et puis il y avait eu l'attitude hostile de certains courtisans qui, habitués à manipuler les plus hautes sphères de l'État, acceptaient mal d'être délogés de leur confortable position.

Ils étaient arrivés devant le bureau qui précédait leur suite et où elle prenait ses cours d'italien lors de son premier séjour.

Au lieu de continuer jusqu'aux appartements qu'ils avaient partagés, Dante ouvrit la première porte à sa droite.

— Je serai là. Il y a des verrous à chaque porte, au cas où tu craindrais que je vienne te ravir dans ton sommeil.

— Peut-être que je m'inquiète de l'inverse, répondit-elle du tac au tac.

— Qu'est-ce que tu cherches franchement, *cara* ? demanda-t-il après un instant à se perdre dans son regard.

Elle ne sut que répondre. Une honte inattendue, sans doute mêlée d'épuisement, la submergeait.

Elle soupira, les yeux humides.

— Je suis navrée.

Il ne lui restait plus qu'à s'enfuir jusqu'à sa chambre.

Le regard de Dante lui brûla le dos, mais elle ne se retourna pas avant de retrouver enfin la sécurité derrière les portes closes.

10.

Béatrice resta plusieurs secondes immobile, les yeux fermés, jusqu'à ce que le couloir résonne du claquement d'une porte qu'on fermait brutalement.

La vigilance qu'elle s'était imposée face à Dante avait tenu à distance la fatigue émotionnelle et physique. Désormais seule, elle se sentait fourbue. Assaillie par les souvenirs qu'elle retrouvait dans la pièce, elle se laissa tomber sur le lit, donnant libre cours à ses larmes.

Comment avait-elle pu se laisser entraîner dans cet enfer ?

Une fois de plus, l'erreur avait été d'avoir dit oui à Dante. Maintenant qu'elle était là, il fallait serrer les dents et endurer. Le bébé était plus important que tout.

Un sourire lui vint, et elle posa une main sur son ventre.

— Ton père t'aime, murmura-t-elle, priant pour ne pas se tromper.

En attendant, elle ne mettrait pas toutes les chances de son côté en apparaissant à un dîner officiel avec les yeux gonflés.

Elle se leva, tâchant d'ignorer ses jambes lourdes et le creux dans sa poitrine, et se dirigea vers la pièce adjacente.

Dans le salon de la suite, certains des éléments de décoration les plus imposants, qu'elle avait demandé à voir disparaître lors de son premier séjour, avaient retrouvé leur place initiale. Ceux qu'elle aimait le plus, à l'inverse, avaient été remisés. Probablement pas assez chargés d'histoire au goût du palais. Au fur et à mesure qu'elle revisitait l'appartement, son intuition se confirma : toutes les touches personnelles qu'elle avait apportées avaient disparu. On l'avait effacée.

Avec un soupir, elle ouvrit la porte de la chambre.

Cette pièce-là était dans l'état exact où elle l'avait quittée huit mois auparavant. Le contraste avec les autres pièces était saisissant : on aurait dit une capsule temporelle.

Ébranlée, elle fit courir ses doigts sur la table de nuit où même le livre qu'elle lisait était resté posé, sur le bois de la coiffeuse où gisait le même petit tas de bijoux, de boucles d'oreilles et d'accessoires de maquillage qu'elle y avait laissés. Elle pressa le bouton secret dissimulé dans le montant de la coiffeuse, et le meuble pivota sur lui-même, ouvrant une alcôve dans le mur qui menait à un dressing secret. Dans le miroir qui lui faisait face, elle crut revoir le reflet de sa sœur, qui s'était exclamée à la vue de l'ingénieux mécanisme et avait déclaré que le dressing à lui seul était plus grand que l'appartement qu'elles avaient partagé au début.

— Parfait pour quelqu'un qui ne se lasserait pas de son reflet ! avait lancé Maya.

Son air narquois s'était évanoui au fur et à mesure qu'elle passait les étagères en revue, inspectait le contenu des tiroirs.

— Quand tu disais que tu avais fait un peu de shopping à Paris…

Elle avait effleuré du revers de la main un tailleur de soie aperçu en couverture d'un magazine de haute couture, et ajouté :

— Tu crois que tu vas porter toutes ces choses ?

Béatrice avait haussé les épaules.

— Je sais… C'est fou.

Comment aurait-elle pu savoir que l'assistant shopping qu'on lui avait assigné confondrait « ça me plaît » avec « achetez ça en cinq coloris différents » ?

Dante s'était étouffé de rire lorsqu'elle avait annoncé qu'elle comptait renvoyer tous les vêtements qui venaient d'arriver, élégamment enrobés de papier de soie dans des boîtes nouées de rubans multicolores.

— Tu as pensé à ton empreinte carbone ?

Elle avait calculé qu'elle arriverait à bout de ces tenues dans une dizaine d'années à condition de se changer trois fois par jour. Mais elle n'était pas restée dix ans au palais. Elle avait tenu à peine dix mois… Et voilà qu'elle y revenait, assaillie par les émotions et par les hormones, à nu, vulnérable.

Au moins, la journée s'était-elle déroulée du mieux possible. Dante semblait prêt à faire un effort pour le bébé. C'était révélateur : il était au cœur de toutes ses décisions. Béatrice aurait voulu qu'il la désire autant qu'elle le désirait, que leurs actes découlent de cette même soif inextinguible, mais ce n'était pas le cas.

Elle secoua la tête et se tourna vers la section « robes du soir » du dressing. Une tenue en particulier, réminiscence moderne de la toge grecque, attira son regard. Une des épaules restait nue, et les broderies complexes cousues sur le tissu adoucissaient un peu l'aspect « vestale » de la coupe.

Elle prit un peu plus de temps à trouver les chaussures qui convenaient. Un peu de parfum, les cheveux noués en un chignon lâche dont s'échappaient quelques mèches rebelles, et le tour fut joué.

Quand on frappa à la porte qui reliait les deux suites, elle sentit l'adrénaline monter, quelque part entre l'excitation et l'angoisse face à la soirée qui l'attendait.

Dante entra dans la pièce, ses cheveux noirs coiffés

en arrière, occupé à fermer le bouton de manchette à son poignet droit.

Tous les hommes sont beaux en tenue de soirée, mais Dante les surpassait tous par la perfection de sa carrure. Sur ses épaules larges, le costume tombait parfaitement, épousant sa silhouette qu'un sculpteur antique aurait pu prendre pour modèle.

— Je suis prête, lança-t-elle, la voix plus haut perchée qu'à l'habitude.

Sans qu'elle comprenne pourquoi, Dante répondit sur un ton glacé.

— Ponctuelle, comme toujours. Je ne t'ai pas fait attendre, je sais que tu détestes ça.

Le cœur serré, elle lui proposa de corriger le nœud de sa cravate.

Dante détailla Béatrice de la tête aux pieds sans chercher à s'en cacher, puis il respira profondément, tentant d'évacuer la chaleur dans son sang, l'électricité dans ses membres.

Par le passé, une opération similaire les avait déjà mis retard d'une bonne heure.

Elle avait toujours représenté une faille dans son armure, le piège absolu pour un homme comme lui, dont la maîtrise de lui-même reposait sur le contrôle des instincts. De plus, la femme qui lui faisait face portait son enfant. Il ne s'était pas attendu à ce qu'ils se retrouvent à nouveau ici, dans cette situation, mais cette nouvelle intimité qui cimentait leur relation redoublait son envie d'elle. Où que se portait son regard, sa beauté lui donnait le frisson. Son visage traduisait l'envie qui la consumait. Au moins, il n'était pas le seul à souffrir.

Il ne fallait surtout pas qu'elle le touche. L'expérience lui avait appris que le contact physique entre eux pouvait déclencher la folie. Or, la passion n'avait pas sa place là où ils allaient. Il fallait qu'il se protège.

Il déclina son offre d'un geste et lui tendit le bras.

Elle resta un instant décontenancée, avant de s'avancer pour y poser la main.

— Tu es splendide, ajouta-t-il d'une voix monocorde, sans la regarder.

— Merci…

Alors qu'ils approchaient de l'escalier qui les mènerait vers la salle de réception, Béatrice releva légèrement sa robe, exposant ses pieds nus aux ongles vernis que ses cothurnes lacés laissaient à découvert. Leur scintillement attira le regard de Dante.

Il haussa les sourcils.

— C'est la dernière mode, chez les déesses ? la taquina-t-il.

Son regard remonta de ses longues jambes pour se perdre dans l'arrondi de ses hanches, mises en valeur par le dessin de la robe.

Le cœur cognant dans sa poitrine, Béatrice tâcha d'imiter l'attitude impassible des deux gardes en tenue de cérémonie postés au pied de l'escalier.

Malgré tout, elle se sentait différente.

Elle jeta un regard soucieux à Dante.

— Est-ce que j'ai l'air différent ? Quelqu'un pourrait-il deviner ?

Dante s'arrêta et lui captura les poignets pour l'attirer à lui.

— Qu'est-ce que cela changerait ?

— Tu dois penser que j'agis comme une idiote, à vouloir garder la nouvelle pour nous…

— C'est ta décision, Béatrice.

— Si quelqu'un devine, ce ne sera jamais pire que la dernière fois.

Dante lui jeta un regard perplexe. Il était évident qu'il n'avait gardé aucun souvenir de l'incident.

Elle aussi aurait aimé être frappée d'amnésie. Elle n'oublierait jamais le silence qui était tombé sur la petite assistance lorsqu'elle avait refusé le verre de vin qu'on lui proposait. La tablée avait échangé des regards entendus, et on lui avait fait remarquer à quel point elle resplendissait ce soir-là. Il y avait eu de nombreux moments similaires avant la fin tragique de cette première grossesse. Purement et simplement, on lui avait signifié que l'unique condition qui permettait d'oublier ses défauts était un bassin assez large pour mener une grossesse sans accroc. Dante ne semblait pas réaliser à quel point la situation était embarrassante pour elle. Elle s'était accommodée des divers coups de poignard que la famille royale semblait distribuer à l'envie mais, ce jour-là, quelque chose en elle avait basculé.

À l'époque, elle avait tenté de se plier à la vie de Dante, mais il était désormais temps de faire les choses à sa façon à elle. La meilleure manière de gérer les problèmes était de prendre le taureau par les cornes.

Bien sûr, il n'y avait jamais eu de reconnaissance officielle de sa fausse couche, mais elle savait pertinemment que la perte de son enfant avait été en haut lieu un sujet de ragots et de spéculations. Elle avait essayé de ne pas y prêter attention, pourtant en regardant autour d'elle, à table, le jour même de l'incident, elle s'était rendu compte que pas une des personnes présentes n'en ignorait le moindre détail. Ceux qui dînaient à ses côtés avaient discuté jusqu'à plus soif du problème de sa fertilité dans le secret des alcôves royales. Les visages s'étaient fermés lorsqu'elle avait confié à brûle-pourpoint qu'elle comptait suivre l'exemple de ses parents et adopter tout autant que donner la vie, mais qu'elle ne comptait faire ni l'un ni l'autre pour le moment. Lorsqu'elle avait fini de parler, un silence choqué avait plané sur la tablée. Finalement, c'était le roi qui avait parlé, déclarant que l'adoption n'était pas en option au sein de la famille royale, avant de déblatérer pendant dix bonnes minutes sur la pureté du sang de la lignée et sur la nécessité de contrôler la reproduction pour s'assurer une descendance optimale. Puis il s'était levé et avait quitté la table, signe que la discussion était terminée.

Dante n'était pas venu à sa rescousse.

Elle savait qu'il était difficile de s'interposer, une fois que le roi partait dans ses longs discours. Elle aurait pu se défendre par elle-même, mais elle avait appris dès son entrée dans la famille royale qu'il était fortement déconseillé de contredire le roi. Seul Dante, parfois, argumentant avec beaucoup de calme, réussissait à faire entendre sa voix sur un sujet particulièrement important, malgré la puissance des éructations royales. Mais jamais, au grand jamais, en présence de personnes extérieures à la famille.

— Est-ce que tout va bien ? demanda Dante en la voyant vaciller.

— Ce n'est rien, un simple étourdissement. Ça va aller.

— Ce n'est pas une bonne idée d'assister à ce dîner, répondit-il en tirant pour elle l'une des chaises finement ouvragées qui ornaient le couloir à intervalles réguliers.

— Non, protesta-t-elle en résistant à l'intention de Dante de l'y faire asseoir. Je ne me suis pas habillée pour rien. Ça va aller, vraiment, arrête de me regarder comme si j'étais en porcelaine. Le bébé va bien. Je vais bien.

— Tu ne vas pas bien, *cara*. Tu avais réussi à t'échapper de cet endroit, et pourtant te voilà de retour. Les portes se sont refermées sur toi, et tu te demandes à quoi tu pouvais bien penser lorsque tu as accepté de revenir.

Il sourit face à l'expression ahurie qu'elle affichait, à l'entendre décrire exactement son ressenti.

— Tu crois que je n'ai jamais vécu la même chose ?

— Toi ?

Il hocha la tête.

— Parfois, j'ai l'impression que les murs se rapprochent et m'étouffent.

— Qu'est-ce que tu fais, dans ces cas-là ?

— Je cherche une échappatoire. Tes bras, généralement.

L'estomac noué de désir, elle lui jeta un regard désespéré.

Dante lui caressa la joue.

— Ces derniers temps, j'essaye de me souvenir que je suis là justement pour changer les choses. Je peux abattre les murs qui m'enserrent, changer les mentalités. Peut-être que, si j'y parviens, ma descendance n'aura pas trop honte de moi… Mais peut-être aussi ne sais-je pas très bien ce que j'entreprends.

— J'ai confiance. Tu sais très bien ce que tu fais, répondit-elle, émue.

— Vraiment ? Tu en es plus sûre que moi !

Une étincelle d'autodérision animait le regard de Dante.

— Franchement, tout ira bien tant que tout le monde restera convaincu que je sais ce que je fais. À propos de la réception, reprit-il alors qu'ils continuaient leur chemin, tu n'as pas besoin de jouer un rôle. Sois toi-même, c'est tout ce que je te demande. Sois insupportable si tu veux, mets les pieds dans le plat si ça t'amuse, mais reste honnête envers la personne que tu es. Je suis fatigué des gens qui…

— Qui passent leur temps à flatter ton ego ?

Il lui adressa un sourire cynique.

— Je suis parfois tenté d'annoncer que la terre est plate pour entendre leurs commentaires élogieux à propos de ma vivacité d'esprit…

Elle éclata de rire.

— Je paierais cher pour voir ça !

Au-dessus de leur tête, la hauteur sous plafond avait

doublé pour accueillir de gigantesques lustres de cristal. Ils foulaient désormais un épais tapis rouge bordé d'or. Sur les murs s'étaient multipliés les portraits d'ancêtres, accompagnés de leurs enfants, de leurs femmes, de leurs chiens préférés, et même, sur l'un des tableaux, d'un fier léopard au collier incrusté de diamants. Tout cela était aussi impressionnant qu'intimidant.

Ils étaient visiblement parmi les derniers à pénétrer dans le grand salon. Les femmes portaient des diadèmes, et les hommes des costumes très formels. Chaque conversation était menée à petit bruit, en un murmure inquiétant.

— Rassure-moi, Dante, je ne suis pas folle ? Tout le monde s'est arrêté de parler à notre entrée, n'est-ce pas ? chuchota Béatrice à travers son sourire de façade. J'espère que je n'ai pas oublié tous mes vêtements…

Ce commentaire invita son lot d'images tentatrices dans l'esprit de Dante. Un sourire forcé aux lèvres, il dut desserrer légèrement le nœud de sa cravate, ce qui lui valut un regard horrifié de la part de sa mère à l'autre bout de la pièce.

— Oublie-les, répondit-il. Nous ne leur devons rien.

Béatrice lui jeta un regard qui signifiait « facile à dire, pour toi ». Elle prit une grande inspiration et laissa courir son regard sur l'assemblée, avant de commenter :

— J'ai l'impression d'être entrée par erreur au sein de mon pire cauchemar. Du Velazquez pur jus. Tu ne crois pas qu'ils se demandent combien de temps je tiendrai, cette fois ? Ça me rappelle tout ce qui ne me manquait pas depuis mon départ.

— Le champagne, en revanche…, ironisa-t-il en subtilisant deux flûtes au plateau d'un serveur, avant de prendre conscience de l'impropriété de son geste et d'échanger le verre de Béatrice contre une eau pétillante.

La reine choisit ce moment précis pour se présenter

devant eux, à ce point parée de diamants qu'elle aurait pu ployer sous le poids des joyaux.

— Quelle splendeur, ma chère, votre robe. Le voyage a-t-il été bon ? demanda-t-elle d'une voix glaciale, avant de hausser les sourcils en remarquant le verre d'eau pétillante.

Le roi apparut à ses côtés et ignora parfaitement Béatrice, qui ne se fit pas prier pour lui rendre la pareille.

— Dante, fit le monarque d'un ton qui n'admettait pas de réplique, tu dois escorter la comtesse Forza à dîner. Tu ne peux pas être au bras de ta femme.

Dante sourit à son père.

— Et pourtant…

Il tendit le bras à Béatrice, et après une courte révérence et une inclinaison de tête, tous deux s'éloignèrent en direction des invités qui affluaient vers la salle des banquets.

— Si un regard pouvait tuer…, murmura Béatrice.

Elle s'était régalée de l'expression horrifiée de son beau-père, mais elle appréciait plus encore de faire équipe avec Dante. Il l'avait soutenue, cette fois.

— Ce n'est pas le cas. Des écorchures peut-être, mais rien de létal.

Le petit rire de Béatrice attira quelques regards et des commentaires chuchotés. Les futurs souverains formaient un beau couple.

— Merci de me soutenir.

Dante, balayé par une vague de culpabilité, posa les yeux sur le beau visage de son épouse.

Elle n'avait pas à le remercier. Un mari qui soutient sa femme, quoi de plus naturel ? Sauf en ce qui les concernait, bien sûr. Il n'avait jamais été là pour elle lorsque cela comptait vraiment.

Béatrice prit une grande inspiration avec une détermination évidente, et il sentit sa honte se muer en fierté.

Il connaissait peu de personnes aussi courageuses qu'elle. Elle voulait se fondre dans la masse des invités, mais c'était impossible : elle valait tellement mieux qu'eux.

Mieux que lui, ajouta-t-il mentalement.

— Je suis là si tu as besoin de moi.

— Ne t'inquiète pas, répondit-elle. Je ne m'effondrerai pas.

Béatrice devait retenir une envie de pouffer de rire.

Il semblait que le roi ait décidé de gérer sa présence en dirigeant chacun des discours vers un point inexistant à une trentaine de centimètres au-dessus de sa tête. C'était parfaitement ridicule, éminemment comique, signe évident qu'il ne décolérait pas de la revoir.

Elle laissa son regard dériver du père au fils, penché vers le convive avec qui il tenait conversation.

Ayant vécu avec un beau-père toxique, elle savait mieux que personne ce qu'un père est censé représenter pour sa progéniture. Comment Dante avait-il fait pour devenir homme, lui qui avait pour figure paternelle cet être froid et distant ? Et quel père deviendrait ce fils mal-aimé, le moment venu ?

Ce n'était pas la première fois qu'elle se posait la question. L'idée l'avait taraudée lors de sa première grossesse, tant elle avait du mal à imaginer Dante dans un rôle paternel. Par quel tour de magie semblait-il désormais prêt à assumer cette charge ?

Malgré ses craintes, la soirée ne se déroulait pas si mal, comparée à d'autres dîners officiels auxquels elle avait assisté par le passé. La conversation plaisante et détendue de Lara Faure, la femme de l'ambassadeur de France, sa voisine de table, y était pour beaucoup. L'élégante quadragénaire lui confessa notamment, avec un regard attendri en direction de son mari, qu'elle avait adopté.

— Mes parents ont vécu la même expérience, confia Béatrice.

— Vous êtes adoptée ? demanda la femme de l'ambassadeur.

Leur conversation, probablement plus intéressante que nombre de celles de leurs voisins, sembla attirer quelques oreilles indiscrètes, mais Béatrice n'en eut cure.

— Pas moi, mais ma sœur. Mes parents avaient abandonné l'idée d'une possible grossesse, à l'époque. Ils ont adopté Maya alors qu'elle n'avait que quelques mois, et puis je suis arrivée… Les hasards de la vie.

— Alors, vous êtes presque jumelles !

— C'est ce qu'on se plaît à dire, mais nous sommes loin d'être identiques. Maya est brune et petite, alors que moi…

Elle secoua ses boucles blondes, et Lara éclata de rire.

Quelques minutes plus tard, celle-ci l'invitait à un brunch, le week-end qui suivrait.

— Nous avons démarré un petit club de lecture, et nous faisons quelques activités pour passer le temps. De la musique aussi. Vous savez peut-être que je suis… Que *j'étais* violoniste, avant mes problèmes d'arthrite. Maintenant, je me contente d'écouter les autres jouer.

Elle tendit la main pour montrer ses phalanges gonflées et conclut que la vie avait parfois des retournements inattendus.

Béatrice sourit face à la bravoure de son interlocutrice. C'était peut-être le début d'une amitié.

— Ils ont un très bon système pour la musique à l'école, ici, reprit Lara. Une innovation que l'on doit à votre mari, si je ne m'abuse.

Béatrice resta muette, consciente que l'épouse de l'ambassadeur était mieux informée qu'elle.

— Plus on aime la musique jeune, mieux c'est. Nous

espérons lever des fonds pour lancer des cours d'éveil dès la maternelle, ajouta Lara.

— Excellente idée, acquiesça Béatrice avec un sourire.

— Je dois vous prévenir honnêtement pour le club… Vous risquez de trouver nos brunchs d'un ennui abyssal. Deux membres de notre petit groupe sont de jeunes mamans, et une troisième est enceinte. Vous vous lasserez peut-être de l'unique objet de nos conversations…

Elle ne réussit pas à refréner le rouge qui lui montait aux joues, même si la décontraction de son interlocutrice prouvait que son secret était bien gardé.

Tout le monde pensait qu'elle et Dante ne s'étaient pas vus durant les huit derniers mois, et si les spéculations allaient bon train quant aux raisons de son retour, aucun ragot ne mentionnait la possibilité d'un enfant. Il fallait qu'elle trouve une réponse amusante et vague à fournir à Lara, qui pourrait s'intriguer de son silence.

Ce fut Dante qui vint à son secours, les épaules haussées en guise de contrition.

— Si elle ne s'y intéresse pas encore, c'est ma faute.

Lara haussa son délicat sourcil et répondit :

— Selon mon expérience, c'est en effet souvent de la faute du mari.

Béatrice retint son souffle.

Qu'allait-il trouver à répondre ?

Dante lui jeta un regard malicieux.

— Je n'ai pas assez insisté pour qu'elle me consacre plus de temps : son agenda est si chargé qu'elle n'a pas une seconde pour moi…

Béatrice piqua un fard et reporta son attention sur son assiette, laissant Dante aller au bout de son mensonge sans difficulté visible.

— Les livres et la musique, compléta-t-il. Deux de ses activités favorites. Mais, je dois vous prévenir, elle ne sait pas tenir une note. C'est à vous de voir si vous voulez l'intégrer à votre club ! Tu devrais y aller, *cara*, tu t'amuserais beaucoup.

— Dante aime à penser qu'il me faut sa permission pour m'amuser ! Il s'en mord généralement vite les doigts.

La petite assemblée éclata de rire, et les conversations reprirent.

Tout en souriant poliment, Béatrice se surprit à rêver que ce genre d'échanges tendres et piquants, avec la complicité d'un public conquis, devienne la norme et lui réchauffe quotidiennement le cœur.

11.

Au grand soulagement de Béatrice, la réception ne s'éternisa pas une fois le dîner terminé. Assez tôt, les invités d'honneur présentèrent leurs hommages à la famille royale, et Dante en profita pour s'exfiltrer avec elle. Il défit sa cravate sur le chemin de leur salon privé. Quelques instants après, le bouton qui serrait son col de chemise sautait aussi.

Il poussa un grognement satisfait avant de se jeter dans l'un des trois canapés qui trônaient autour de la cheminée.

— Ça aurait pu être pire, commenta-t-il en lançant au sol les coussins qui le gênaient. Tu ne trouves pas ?

— Ton père m'a royalement ignorée toute la soirée.

— Je paierais cher pour bénéficier du même traitement.

Elle ne put s'empêcher de sourire.

— Et sinon ? ajouta-t-il.

— J'ai failli dire à Lara que j'étais enceinte. J'en avais envie.

— Alors pourquoi ne l'as-tu pas fait ?

Elle lui jeta un regard incrédule.

— Je m'y connais assez peu en protocole, mais apprendre à une invitée que je suis enceinte avant que le roi et la reine ne le sachent me paraît une infraction grave à l'étiquette, tu ne trouves pas ?

Dante hocha la tête.

— En effet. Tu t'es fait une amie, alors ?

— J'aime bien Lara, c'est vrai, répondit-elle, ignorant l'invitation de Dante à le rejoindre.

Elle choisit le canapé opposé, collé à une petite table basse où traînaient quelques livres.

Son regard se fixa malgré elle sur les mains de Dante. La dernière fois qu'il l'avait invitée à s'asseoir à ses côtés, il l'avait fait aussitôt basculer sur ses cuisses puissantes…

Elle chassa l'image de sa mémoire.

Il faisait déjà assez chaud comme cela près du feu qui crépitait dans la cheminée.

— Est-ce que j'aurais dû dire à Lara que je compte rejoindre son club ? demanda-t-elle.

— Et pourquoi pas ? Ça m'a l'air d'une aimable réunion hebdomadaire de mamans ou futures mamans. Elles te prêteront une oreille attentive quand le fait de vivre ta grossesse au palais te donnera envie de tout casser. Au fait, j'ai une liste d'obstétriciens, si tu veux y jeter un coup d'œil.

Il la regarda intensément et ajouta :

— Si tu veux en parler à Lara, on pourrait le dire à mes parents.

— Mais si quelque chose tourne mal…

La fin de sa phrase, « comme la dernière fois », resta en suspens dans l'air entre eux deux, et elle secoua la tête, tâchant de chasser le cauchemar qui empoisonnait ses souvenirs.

— Tu ne vas pas penser qu'à cela, rétorqua patiemment Dante. Il faut que tu profites de cette grossesse, et ce ne sera pas le cas si tu passes ton temps à redouter un problème.

Redouter les problèmes, il s'en chargeait déjà très bien tout seul. Il se sentait impuissant face à cette éventualité, tout comme il s'était senti désespérément inutile lorsque la première grossesse s'était tragiquement achevée. À l'époque, il n'avait pas su que faire ni que dire. Ses mots semblaient galvaudés, inadéquats. Il était impuissant à apaiser la douleur de Béatrice et réfractaire à l'examen de son propre deuil. Alors, le cœur brisé, il s'était réfugié dans le travail.

Il lui avait fait défaut, il le savait. Cela n'arriverait plus. Désormais, elle serait en sécurité à ses côtés.

— Mais si ce problème se produisait, malgré tout ? murmura Béatrice d'une voix angoissée.

— Alors, nous y ferons face tous les deux.

De bien belles paroles, mais qui oblitéraient la part la plus importante du problème : sans enfant, plus rien ne la retiendrait à ses côtés.

— Tu sais ce qui me ferait plaisir ? ajouta-t-il, malicieux.

Elle sourit.

— J'imagine que tu vas me le dire…

— Il faut que tu t'entraînes à mieux mentir. Tu es une très mauvaise menteuse.

— On dirait que c'est une mauvaise chose…

— Un bon mensonge te sortira de bien des situations. La sincérité est désastreuse, diplomatiquement parlant. Mieux vaut feindre, mais je ne sais pas si tu en serais capable…

Il tendit les bras pour se protéger du coussin qu'elle lui lançait au visage et éclata de rire.

— C'est tout ce que tu mérites ! décréta-t-elle en riant aussi.

— Tu te sens mieux, *cara* ?

— À peine… Un peu, si, admit-elle à contrecœur.

— Parfois, ça fait du bien de se lâcher, observa-t-il, sans détacher le regard sa femme ployée en avant, en train de délacer ses cothurnes de ses mains fines.

Le tableau était magnifique dans la lumière de la petite lampe posée près d'elle sur le guéridon.

— Se lâcher ? répéta-t-elle. Et si tu te lâchais, toi, que ferais-tu ?

Sa voix n'avait aucune inflexion particulière, mais il se demanda s'ils parlaient toujours de la même chose. L'étincelle dans le regard de Béatrice semblait prouver le contraire.

Il inspira profondément pour tenter de calmer le battement précipité de son cœur.

— Tu veux vraiment le savoir ?

Sans la quitter des yeux, il tendit la main et la posa sur son pied nu, qu'elle avait posé sur la table basse.

Le souffle de Béatrice sembla s'accélérer. Muette, elle le laissa faire.

Que se passerait-il ensuite ? Il lui laissait l'initiative : si elle voulait corser les choses, elle n'aurait qu'à le lui faire comprendre. C'était le genre de situation qu'il évitait auparavant. À présent, un sentiment inconnu de lâcher-prise, un « advienne que pourra » déferlait sur lui, teinté d'envie et d'excitation.

Subitement, le portable de Béatrice se mit à sonner au fond de son sac.

Il connaissait bien cette sonnerie particulière.

— Laisse ça, gronda-t-il.

Béatrice secoua la tête et retira son pied avant de se saisir du téléphone.

— C'est Maya. Je dois la prendre.

— Bien sûr…, marmonna-t-il, le sang battant aux tempes.

Elle ne l'avait probablement même pas entendu, car elle marchait déjà vers sa chambre, le téléphone à l'oreille.

En attendant qu'elle réapparaisse, il se servit un verre et fit les cent pas comme un lion en cage, sans que cela le débarrasse du goût amer de la culpabilité.

Comment avait-il pu croire qu'il resterait de marbre

face à son parfum, au son de sa voix ? C'était une agonie permanente. Son envie d'elle le rendait fou, le consumait, évinçait toute considération, tout raisonnement logique. Il n'avait pas changé, finalement. Le désir passerait toujours avant tout le reste.

— Maya te dit bonjour.

Il lui décocha un regard sceptique.

— Ça m'étonnerait que ce soit vrai, mais bonjour Maya… Après tout, je ne peux pas lui en vouloir, ajouta-t-il, amer.

Béatrice, les lèvres pincées, s'irritait de voir Dante déambuler.

Comme si elle n'était pas assez tendue elle-même !

Elle se sentait coupable d'avoir voulu raccrocher à l'instant où Maya lui avait répondu. Sa sœur était inquiète, son seul crime avait été de faire preuve d'un exceptionnel mauvais sens du timing… Béatrice n'avait ressenti aucune gratitude à être ainsi sauvée d'elle-même. Car, pour être honnête, elle n'en avait aucune envie.

Elle sentit sa poitrine se serrer.

Dante avait l'air épuisé et vulnérable, pour peu qu'on puisse dire cela d'un homme d'un mètre quatre-vingt-dix, athlétique et bien bâti.

— Maya n'a rien contre toi, tu sais…

Il leva les yeux et laissa échapper un petit rire sans joie.

— Bien sûr que si.

— Elle… Elle me protège, c'est tout.

— Je sais, et je l'admire pour cela. Vous êtes toutes deux présentes l'une pour l'autre.

— Nous sommes sœurs, c'est ainsi. Tu sais de quoi je parle, tu as un frère.

Dès que les mots eurent franchi le seuil de ses lèvres, elle sut qu'elle s'était engagée sur la mauvaise voie.

Sous le coup d'une violente impulsion, Dante marcha

droit vers elle et s'arrêta à quelques centimètres de son visage.

— Je n'ai *jamais* été d'une quelconque aide pour mon frère, cracha-t-il, plein de désespoir.

Elle fit un pas vers lui et posa sa main sur son avant-bras, qu'elle sentit prêt à se rompre tant il était contracté.

Elle n'était ni effrayée ni nerveuse. Il ne lui avait jamais fait peur.

— Dante, c'est faux. Tu le sais. Tu as abandonné ta liberté pour Carl, et tu ne le lui as jamais reproché.

— Tu crois que j'ai agi par bonté d'âme, par noblesse ? Tu te trompes, *cara* ! C'était par remords. Je ne m'étais jamais douté une seconde qu'il était si malheureux. Ni qu'il aimait les hommes, d'ailleurs.

— Peut-être n'était-il pas encore prêt à partager cela avec toi.

— J'aurais dû m'en rendre compte, insista Dante. Quel homme reste aveugle au malheur de son propre frère ?

— Dante… Je suis navrée. Mais ce n'est pas ta faute.

Le regard de Dante était sombre, comme hanté. Il baissa les yeux et repoussa doucement sa main.

— Si j'avais été à la hauteur, il n'aurait pas hésité à se confier à moi. Il ne l'a pas fait. Quel genre d'homme cela fait-il de moi ?

Elle sentit son cœur se serrer. Elle aurait voulu lui dire : « Voici mon cœur, Dante. Laisse-moi t'aimer. » Mais ce n'était pas encore l'heure.

— Tu n'y es pour rien s'il était malheureux. Tu ne pouvais pas prendre ce genre de décision pour lui, Dante. Il fallait qu'il trouve en lui-même le courage nécessaire pour s'affirmer tel qu'il est. Et c'est ce qu'il a fait.

— Je ne l'ai pas aidé. Mon frère hurlait au secours, et je ne l'entendais pas. J'étais trop occupé par ma propre vie. J'ai agi en salaud, en égoïste.

— Tu en as déjà parlé à Carl ? demanda-t-elle. Tu lui as demandé comment il avait vécu tout cela ? Tu lui as dit comment, toi, tu te sentais ?

Elle connaissait déjà la réponse : Dante n'était pas le genre d'homme à s'épancher. Il regretterait d'ailleurs probablement de s'être ainsi confié à elle.

— Non, nous n'en parlons pas, répondit Dante, pensant à l'e-mail qui dormait dans son téléphone.

Son frère y avait écrit tout ce qu'il ressentait le besoin de dire, et ni lui ni Dante n'en avaient reparlé par la suite.

— Peut-être qu'il faudrait…

Béatrice s'interrompit, puis elle reprit, le regard implorant.

— Et peut-être qu'il faudrait que nous parlions, nous aussi.

Il secoua la tête, dévoré par la culpabilité.

— J'ai toujours vécu de manière égoïste. Je ne peux pas être l'homme que… Je ne peux pas être ton…

— Tu es cet homme, Dante. Tu es mon mari.

— Qu'est-ce que tu fais, Béatrice ?

Les yeux écarquillés, il la regarda prendre sa main dans les siennes et la porter à sa bouche pour y déposer un baiser. Comme ses muscles se contractaient violemment, elle libéra sa main pour venir enlacer sa nuque, attirant son visage à elle jusqu'à ce que leurs lèvres se touchent.

— Fais-moi l'amour, murmura-t-elle.

Un grondement sourd, réverbéré dans tout son corps, enflamma la passion entre eux.

Il n'aurait jamais gagné cette bataille contre lui-même, de toute façon.

Il n'y avait plus que les mains de Béatrice, qui se faufilaient sous sa chemise, contre son torse et son ventre, et il grogna un encouragement haletant alors que, fébrile, elle luttait avec la boucle de sa ceinture. Il embrassa son épaule nue et, très vite, sa robe glissa au sol. La main sur sa taille, il se redressa juste assez pour contempler le tableau d'un érotisme suffoquant qu'elle lui offrait, ses boucles blondes retombant sur sa peau diaphane, uniquement couverte désormais d'un bustier de soie sans bretelles et d'une petite culotte assortie.

— Une déesse, murmura-t-il, la voix rauque.

— Tu me fais me sentir femme, Dante.

Sans un mot, il l'attira à lui et la souleva de terre. Elle l'enlaça, et il l'emporta jusqu'à la chambre qu'ils avaient partagée par le passé et qu'ils partageraient encore ce soir.

Quoi qu'il arrive dans le futur, il ne reculerait pas. Cela valait le coup. Elle avait besoin de lui, autant qu'il avait besoin d'elle. Ils ne s'aimaient peut-être pas exactement de la même manière, mais ils se donneraient l'un à l'autre ce qu'ils avaient à se donner.

Et il avait beaucoup à donner. Alors qu'il se débattait pour se débarrasser de sa chemise, Béatrice posa ses lèvres sur son torse, goûtant au sel de sa peau. Il se pencha sur elle et prit enfin son visage entre ses mains. Il l'embrassa avec l'avidité d'un naufragé retrouvant la terre ferme. Il sentait les bourgeons de ses seins s'écraser contre son torse. Le contact de sa peau l'enflammait. Lorsqu'il la toucha au point le plus sensible, elle écarta inconsciemment les jambes, gémissant de plaisir à travers ses dents serrées.

Il fallait qu'il vienne en elle, maintenant. Il fallait qu'elle le sente au plus profond, là où il avait sa place.

Un râle de soulagement violent les saisit après qu'il se fut placé entre ses cuisses et introduit en elle. La sensation arracha comme un sanglot à Béatrice, qui noua ses jambes autour de son bassin, arquant son corps pour le laisser libre de ses va-et-vient. Enfin, ils ne faisaient plus qu'un !

Il ne leur fallut que quelques instants pour atteindre les rives de l'orgasme. C'était divinement, incroyablement intense, et lorsque Béatrice se cabra violemment, propulsée au firmament, il sentit les vagues du plaisir l'assaillirent une à une, durant un moment qui sembla durer une vie entière.

Alors qu'il reposait au-dessus d'elle, le souffle court, le menton enfoui dans sa nuque, elle noua ses bras autour de son cou et murmura :

— Reste en moi.

Il l'embrassa à nouveau, et elle posa sa joue contre son torse. Un long moment, ils restèrent dans les bras l'un de l'autre, jusqu'à ce qu'il bouge en elle à nouveau.

Elle rouvrit les yeux, surprise.

— Tu me donnes faim, *cara*.

— Je suis affamée, Dante.

Ils firent une nouvelle fois l'amour, et une dernière fois encore, avec une infinie tendresse, au beau milieu de la nuit, s'explorant mutuellement avec une fascination constamment renouvelée. À chaque effleurement, le corps de Béatrice tremblait comme une feuille. Le sexe, cette nuit-là, avait cela de nouveau qu'il était doublé d'une émotion muette, non formulée mais d'une intensité déconcertante. Avait-elle gémi « je t'aime » en boucle alors qu'il la menait une fois de plus à l'orgasme, ou avait-il rêvé ? Il n'était plus sûr de rien.

Il ne ferma pas l'œil de la nuit. Le cœur serré, il se contenta de veiller sur la femme qui gisait au creux de ses bras, profondément endormie, magnifique dans son sommeil.

Difficile de maintenir l'illusion dont il se berçait depuis un long moment. Il ne pouvait décemment pas continuer à nier ses sentiments. Le sexe ne suffirait plus. Béatrice avait toujours été différente des autres. Elle l'avait fait se sentir…

La mâchoire contractée, il interrompit le cours de

ses pensées avant de pénétrer en territoire interdit, là où l'attendait une vérité qu'il se refusait encore à voir.

Mais cela pouvait peut-être changer. Béatrice l'en avait convaincu en croyant simplement en lui.

Les yeux posés sur la belle endormie, il se jura qu'il ne trahirait pas la foi de cet ange tombé du ciel.

12.

Les premières lueurs de l'aube commençaient à teinter leur chambre de couleurs chaudes quand Dante bougea, réveillant Béatrice au passage.

Celle-ci s'étira et allongea la main jusqu'à trouver son dos.

Assis sur le rebord du lit, il répondit à son murmure de protestation par un baiser approfondi, avant de s'écarter.

Elle frissonna.

— Qui a une conférence au beau milieu de la nuit ? gémit-elle en se redressant à moitié sur un coude.

— L'autre moitié de la planète, debout depuis des heures… Ce sont les effets pervers de l'économie globale. Mais nous ne sommes plus au beau milieu de la nuit.

Il l'entendit chercher à allumer la lampe et posa sa main sur la sienne.

— Non, laisse éteint.

S'il la voyait clairement, s'il lisait dans son regard l'invitation à la luxure, il ne prendrait jamais l'appel qui l'attendait.

Elle l'ignora, bien sûr, et la lumière se fit dans la pièce.

Elle était aussi parfaite qu'il l'avait imaginée, les seins à peine dissimulés sous les boucles de ses cheveux blonds, un regard plein de défi planté droit dans le sien.

— Je ne veux pas être demain, bouda-t-elle. Je ne veux pas me réveiller.

Il déposa un nouveau baiser sur ses lèvres et éteignit la lumière.

— Alors rendors-toi.

Une semaine plus tard, Dante croisa une jeune femme à la porte de leur salon privé. C'était la seconde fois qu'il arrivait à déjeuner avec Béatrice. Outre le plaisir de sa compagnie, les moments passés à ses côtés le rendaient plus productif lorsqu'il retournait au travail.

— Qui était-ce ? demanda-t-il en rejoignant Béatrice.

— Ma nouvelle assistante.

Il prit l'air étonné.

— Tu n'as pas perdu de temps !

— Elle m'a été vivement recommandée.

— Par qui ?

— Par Jacintha.

Il défit le nœud de sa cravate, soucieux de comprendre.

— Qui est Jacintha, déjà ?

— La femme de chambre. Rousse, avec des lunettes originales.

— Tu as engagé une assistante sur les conseils de ta femme de chambre ?

— J'aurais dû t'en parler ? le défia Béatrice.

— Non, absolument pas.

Elle lui jeta un sourire canaille.

— J'ai aussi vérifié ses antécédents.

Elle lui dressa la liste des précédents employeurs de la jeune femme, et il écarquilla les yeux, surpris par l'impressionnant curriculum.

— Elle sait que travailler pour moi n'est pas aussi exaltant que ses précédents postes, mais sa mère souffre d'une maladie cardiaque, et elle a dû revenir s'installer ici, compléta Béatrice.

— Ça va déclencher une tempête de récriminations, tu le sais ? nota-t-il en s'appuyant sur le bureau auquel elle était assise.

— Parce que je ne suis pas passée par le canal habituel ? Ils survivront, répondit-t-elle en levant les yeux au ciel.

Alors qu'il promenait distraitement le regard sur l'agenda ouvert sur le bureau, il se figea.

— Qu'est-ce que c'est que ça ?

— Quoi donc ? demanda-t-elle en levant les yeux sur lui, étonnée par sa voix tendue.

— Course de charité, cinq kilomètres, tenue à prévoir, déchiffra-t-il.

— Oh ! C'est Lara, elle a appelé un peu plus tôt. Ils organisent une petite course de charité pour les enfants de l'hôpital. J'ai accepté d'y participer.

Il referma l'agenda et se redressa, glacial.

— C'est hors de question ! Courir cinq kilomètres dans ton état, c'est un risque inutile, asséna-t-il.

Son estomac se retournait de terreur.

Béatrice essaya de garder son calme, se rappelant que la paix fragile qui subsistait entre eux nécessitait quelques concessions des deux côtés.

Elle se leva, prête à l'affrontement.

— Ça n'a rien de risqué, Dante. C'est un jogging. Je peux même marcher si je le veux. C'est pour une bonne cause, et ça me fera du bien.

— Le risque encouru est trop important !

— Tu crois vraiment que je mettrais la vie de notre enfant en danger sur un coup de tête ?

— Non. Mais la dernière fois…

Elle aperçut un éclair de terreur filer dans le regard de Dante et sentit son cœur se serrer.

— J'ai peur, moi aussi, confessa-t-elle tandis que les larmes lui montaient aux yeux. Mais je ne vais pas…

À la vue de son regard brouillé, la colère parut quitter Dante aussi rapidement qu'elle l'avait saisi.

— Je suis ton mari, murmura-t-il. Pourquoi ne me laisses-tu pas te protéger ?

— Me protéger, pas m'étouffer, Dante. Dorénavant, c'est moi qui prendrai mes rendez-vous, qui choisirai mon médecin. Tu comprends ?

— Est-ce que je dois revenir plus tard ? murmura une petite voix derrière eux.

Ils se retournèrent.

Dans l'embrasure de la porte, une jeune domestique attendait, les bras chargés d'un plateau, visiblement embarrassée.

— Non. Merci, posez ça sur la table.

— Qu'est-ce que je dois dire à Lara ? reprit Béatrice alors que la soubrette refermait silencieusement la porte derrière elle. Que tu ne seras pas là pour m'encourager ? T'avoir comme sponsor leur serait pourtant très utile.

Il se passa la main dans ses cheveux, nerveux, visiblement en plein dilemme. Finalement, il hocha la tête.

— Je ferai un don, et je viendrai te soutenir.

— Tu viendras ? répéta-t-elle, ébahie par la vitesse avec laquelle il avait déposé les armes.

Il haussa les épaules.

— Il faudra bien quelqu'un pour te freiner si tu t'emportes. En retour…

— En retour, quoi ? commença-t-elle, furieuse, avant de s'interrompre, penaude. Pardon… Je t'écoute.

— En retour, tu iras voir la doctoresse avec qui j'ai pris rendez-vous. C'est la meilleure dans sa branche.

Elle poussa un long soupir.

— Très bien. Mais la prochaine fois que tu prends ce genre de décision seul… Il n'y aura pas de prochaine fois, tu m'entends ?

Dante sourit, l'air amusé.

— J'ai bien compris.

Après avoir déjeuné avec Béatrice, Dante passa la demi-heure qui suivit dans sa salle de musculation.

Le corps se soumettait, mais l'esprit, lui…

Avait-il pris la bonne décision ? Leur mariage ne tiendrait pas s'ils persistaient dans cette guerre de tranchées. Il fallait faire des compromis, malgré la répulsion que cela lui inspirait. Et l'idée de la voir courir et peut-être tomber…

En sueur après son exercice, il se dirigeait vers la douche, lorsqu'il sentit autour de lui que la pièce se mettait à vibrer, tandis que retentissait le grondement menaçant typique des entrailles de la terre.

Un tremblement de terre !

Sa première pensée fut pour Béatrice. Il attrapa son téléphone et se mit à courir. À l'angle d'un couloir, il tomba sur un de ses hommes en uniforme, qui se mit à courir à ses côtés.

— Nous avons installé un centre de commande dans la vieille armurerie de manière à coordonner les secours, lança l'agent de sécurité à ses côtés.

Cela faisait sens. Les murs là-bas avaient six mètres d'épaisseur, et le bâtiment était taillé dans la roche la plus solide.

— Votre Majesté, reprit le garde, les hélicoptères sont prêts. Le roi et la reine seront évacués en priorité. Les communications posent encore problème.

— Ma femme ?

— Elle a quitté le bâtiment par la porte sud-ouest pour se diriger vers les jardins, il y a de cela vingt minutes.

Il hocha de nouveau la tête et accéléra sa course, laissant l'ancien militaire derrière lui.

Béatrice lâcha les fleurs qu'elle avait à la main et se figea, tentant de comprendre ce qui était en train de se produire. Un rugissement sourd faisait vaciller le sol sous elle, en une longue et profonde secousse. Après quelques secondes interminables, le tremblement s'apaisa, remplacé par un silence de mort et de poussière. Pas un chant d'oiseau, pas une abeille.

Et puis, un par un, les animaux reprirent leur langage timide, bientôt suivi par les humains, représentés par des sirènes hurlantes et des appels au secours.

Elle n'osait pas bouger. Que devait-elle faire ? Rentrer ou rester à l'extérieur ? Elle se tenait toujours immobile, indécise, quand une figure familière en tenue de sport surgit à quelque distance : Dante.

Un soupir de soulagement lui échappa.

Dante accourait, tout irait bien. Cela manquait peut-être de logique mais, lorsque les forces de la nature s'en mêlent, l'irrationnel n'est jamais loin.

Il ne l'avait pas encore vue. Elle tenta de crier, mais aucun son ne sortit de sa bouche, et elle comprit qu'elle était en état de choc.

Par miracle, il tourna la tête vers elle juste avant de disparaître de son champ de vision et, l'ayant repérée, il accéléra la cadence pour la rejoindre.

Le nom de Dante franchit enfin le seuil de ses lèvres, aussitôt étouffé par la chaleur de ses bras.

Il lui couvrit le visage de baisers.

— Béatrice ! Tu es saine et sauve ! Bon sang, gronda-t-il.

— Je ne… C'était…, bégaya-t-elle, incapable de parler de façon cohérente.

— Nous avons vécu un tremblement de terre, et ce n'est peut-être pas fini. Tu n'es pas blessée ?

Elle secoua la tête.

— Non, je… Ça va.

— C'est déstabilisant, n'est-ce pas ?

Le ton calme de Dante l'apaisa, et elle retrouva bientôt une respiration plus normale.

— J'ai eu peur, confessa-t-elle à mi-voix.

— Oui. C'est normal.

— Je veux aider…

— Non. Impossible.

Les mains sur ses épaules, il la guida vers un petit banc de pierre où il la fit asseoir. Puis il s'agenouilla à côté d'elle.

— Écoute-moi. Je dois y aller, murmura-t-il, le visage déformé par la frustration. Je ne serai pas long. Reste ici. Si tu sens que ça recommence, glisse-toi sous le banc. Tu seras en sécurité, et je reviendrai te chercher.

Elle hocha la tête.

— Sois prudent.

Déjà reparti, il se retourna dans sa course et lui lança un sourire réconfortant accompagné d'un petit geste de la main, comme s'il partait pour un jogging matinal.

Au cours de l'heure suivante, elle ne bougea pas et ne vit personne, à part un chien qui s'approcha d'elle en gémissant et se coucha à ses pieds. Il gronda à l'approche de Dante, avant de lécher la main que celui-ci lui tendait.

— Il est apparu comme ça, je ne sais pas à qui il est, commenta-t-elle en flattant le poitrail de l'animal. Quelles sont les nouvelles ?

— À première vue, les dégâts ne sont pas trop importants.

— Dieu merci.

Le danger s'était éloigné.

Elle comprit à cet instant qu'elle se sentait extrêmement faible. Malgré sa position assise, ses jambes flageolaient.

— Pas trop important, qu'est-ce que ça veut dire ? demanda-t-elle.

— Riota a encaissé le plus gros.

Elle hocha la tête.

Riota était une petite île inhabitée à quelques kilomètres des côtes, peuplée seulement de chèvres sauvages.

— Les dégâts se concentrent sur la côte est, reprit Dante. Il y a eu un éboulement, et la route est coupée, ce qui pose problème. À ce que disent les rapports, les dommages sont limités en ville, quelques blessés mais rien de tragique. Il faut quand même que je me rende à Mentsa. Les services d'urgence sont déjà sur place, cependant il y a eu un mouvement de panique. Une église s'est effondrée. Pas de nouvelles de l'aéroport pour le moment, mais l'hélicoptère qui a déposé Carl a déjà emmené mes parents sur le continent.

Béatrice secoua la tête.

Le contraste était flagrant entre la réaction de Dante, inquiet pour son peuple, et celle de ses parents qui avaient préféré filer sans demander leur reste.

La prochaine fois qu'ils le critiqueraient pour un problème ou un autre, elle n'hésiterait pas à leur rappeler cet épisode… Si elle était toujours là, bien sûr.

— Carl est ici ? reprit-elle.

— Il était sur le continent il y a encore peu. J'avais suivi ton conseil, ajouta Dante, et nous devions nous voir pour discuter. Il a sauté dans un hélicoptère dès qu'il a su pour le tremblement de terre. Il essaye de persuader grand-père d'évacuer, avec toi et quelques-uns des…

— Avec moi ?

Dante lui décocha un regard impatient.

— Ne fais pas la difficile, s'il te plaît.

— Je croyais qu'il n'y avait plus de danger ?

— C'est vrai.

Alors il pouvait toujours s'accrocher pour qu'elle évacue !

Ignorant son choix arrêté, Dante poursuivait.

— Quelqu'un est en train de rassembler tes affaires, et l'hélico sera prêt à partir dans dix minutes. On te…

— Je suis à peine revenue à San Macizo, Dante ! Je ne vais nulle part. Est-ce que tu t'en vas, toi ?

Dante l'ignora presque, le téléphone à l'oreille.

— Ne t'en fais pas pour moi.

— Ça n'est pas la question, rétorqua-t-elle.

— Partir enverrait le mauvais message de ma part. C'est la panique qu'il faut juguler, désormais. Avec un peu de chance, ma présence aidera tout le monde à garder la tête froide. Qu'est-ce que tu fais ? Les hélicos attendent. Il faut que tu y ailles !

— Tu es blessé, murmura-t-elle en posant les doigts sur une égratignure ensanglantée à sa joue droite.

Dante recula d'un pas. Il ne pouvait se permettre de se laisser distraire.

— Ce n'est rien. Il faut que tu te dépêches, Béatrice.

Il saisit ses poignets et la rapprocha de lui, s'autorisant un instant de contemplation.

— Ton grand-père ne va pas être facile à convaincre, murmura Béatrice.

Un problème de plus à résoudre.

Il relâcha son emprise, le cerveau tournant à plein régime.

— Il est têtu comme une mule, mais ne t'inquiète pas. On va prendre soin de lui.

— Je n'en doute pas, répondit Béatrice, nouant ses cheveux en un chignon strict pour qu'ils ne la gênent pas. Alors, comment puis-je aider ?

Il la dévisagea comme si elle venait de parler une langue étrangère.

— De quoi parles-tu, bon sang ? Je n'ai pas le temps de… Comment suis-je censé me concentrer si je me fais en permanence du souci pour toi ?

— Je ne partirai pas, Dante. Et si tu me faisais confiance ? Je ne me mettrai pas en danger, tu le sais.

Il resta silencieux un moment

Qui l'emportait, entre son sens du devoir et son instinct protecteur ? Ses tripes lui disaient de la traîner s'il le fallait jusqu'à l'hélico. En sécurité, et au diable ce qu'elle pourrait bien penser ! Son sens du devoir, lui, le portait vers tous ceux qu'il fallait protéger. Mais comment s'acquitter de cette tâche, si son esprit revenait constamment à Béatrice sans savoir si tout allait bien pour elle ?

Malgré la terreur qui le tenaillait à l'idée de savoir sa femme et son enfant à naître en danger, il se sentait plein d'admiration. Le prochain imbécile qui donnerait son point de vue sur les gènes royaux s'entendrait dire que sa femme était plus sensible au service public et au sens du devoir que tout le reste de la famille royale !

Il finit par hocher la tête.

— Je n'ai pas le temps de...

— Je comptais un peu là-dessus, admit Béatrice avec un sourire canaille.

— Très bien. Tu restes. Mais si tu...

Elle l'interrompit d'un geste impatient de la main.

— Si je me mets en travers de ton chemin ? Si je m'évanouis subitement ? J'ai compris, Dante. Comme toujours, l'opinion que tu te fais de moi est flatteuse... Va donc faire ce que tu as à faire.

Il hésitait pourtant encore, incapable de l'abandonner. Son premier devoir n'était-il pas de la protéger ?

— C'est ma garde rapprochée ? s'enquit Béatrice alors que trois costumes sombres apparaissaient à l'orée du jardin.

Dante hocha la tête.

— Fais ce qu'ils te disent. À plus tard, *cara*. Sois prudente.

— Je n'y manquerai pas.

Dante adressa quelques mots aux gardes en les croisant, sans que, trop éloignée, elle puisse en saisir le sens. Elle vint à leur rencontre, et le plus âgé, un ancien militaire pas essoufflé pour un sou par la course, lui fit le salut réglementaire.

— Votre Majesté, nous sommes…

Il s'interrompit et porta une main à son oreille pour mieux entendre les informations qu'on lui transmettait dans son oreillette.

— Tout va bien ? demanda-t-elle, anxieuse.

Les trois hommes échangèrent un regard comme s'ils se demandaient si répondre était la bonne solution.

— Mon mari ?

— Sa Majesté a reçu l'information. Nous sommes en mesure de confirmer que le palais a échappé à tout dommage structurel trop important. Mais l'un des murs s'est partiellement effondré.

— À l'intérieur ?

L'agent de sécurité hocha la tête.

— Où ça ?

— C'est le mur de la garderie, Votre Majesté.

Les trois hommes constatèrent sans peine le trouble qui l'avait saisie. Mais pleurer n'aiderait en rien. Il fallait qu'elle se domine.

Elle réussit à retrouver son calme et demanda, la mâchoire crispée :

— Seigneur, les pauvres enfants… Des victimes ?

— Par miracle, non…

Elle laissa échapper un soupir de soulagement.

— Les enfants étaient sur l'aire de jeux, à l'extérieur, ajouta l'agent. Il y a quelques écorchures, mais rien de grave. On contacte les parents. Les services d'urgence ont un peu de mal, je dois dire. Il faut garder tous les petits au même endroit, établir un comptage, mais c'est un véritable bord… bazar. Euh, je ne fais que citer les secours sur place, compléta l'agent, rouge comme une pivoine.

— La directrice m'avait eu l'air assez incompétente, songea-t-elle à voix haute, au souvenir d'une visite qu'elle avait effectué à la garderie lors de son premier séjour. Est-elle toujours sur place ?

— Elle a été évacuée, Votre Majesté. Traumatisme crânien. Notre priorité est de déplacer les enfants hors de la zone sans en perdre un seul pour pouvoir sécuriser le bâtiment en cas de réplique du tremblement de terre. Ça a l'air facile, dit comme ça, mais c'est un vrai b… Enfin, c'est une opération complexe, madame.

— Mais des gens sont là pour s'en occuper ?

— Nous, Votre Majesté, une fois que vous serez à l'abri…

Elle leva une main pour l'interrompre.

— Inutile de perdre du temps. Emmenez-moi avec vous à la garderie.

L'homme secoua la tête.

— Nos instructions sont claires…

— Vos instructions viennent de changer. Où est le mal ? Vous avez dit vous-même qu'il n'y avait rien de grave.

13.

Dante était en route vers l'aéroport, qui heureusement n'avait subi aucun dommage, et il avait son frère en ligne.

— Je devrais arriver avant que votre vol ne parte. Grand-père s'est laissé convaincre ?

— Avec difficulté, tu l'imagines.

— Oh oui… Je devrais arriver à temps s'il n'y a pas de retard.

— Est-ce que ton héroïne de femme est avec toi ?

— Héroïne ? Béatrice, tu veux dire ?

— Pourquoi, tu as d'autres épouses ? La vidéo est diffusée sur grand écran ici, à l'aéroport, et il n'y a pas un œil de sec parmi les spectateurs. Elle a fait chanter les enfants, et elle porte ce petit bonhomme…

Dante craignit que ses tempes n'éclatent. Il parvint difficilement à articuler :

— Tu veux dire qu'elle était à la garderie, celle dont les murs se sont effondrés ?

La nouvelle du succès de l'évacuation lui était parvenue, mais pas le rôle que sa femme y avait joué.

— Oui, et les parents qu'on interviewe chantent ses louanges. Il va falloir que tu donnes son nom à un parc ou que tu lui fasses ériger une statue, pour le moins !

Dante, complètement déconnecté de l'amusement qui teintait la voix de son frère, jura lourdement, coupant Carl dans sa tirade. Il fit faire à sa voiture un demi-tour à 180 degrés qui envoya le gravier voler à des mètres, et il enfonça l'accélérateur.

Béatrice passa une demi-heure délicieuse sous une douche bien chaude, chassant la poussière et les salissures. Puis, enveloppée dans son peignoir bleu, ses longs cheveux humides torsadés dans un turban d'éponge, elle revint à la chambre.

Encore une fois, elle vérifia son téléphone.

Rien depuis qu'elle avait raté cet appel un peu plus tôt, mais l'antenne avait été mise hors service une bonne partie de la journée, et bien des endroits sur l'île n'étaient plus connectés.

Elle soupira.

Dans un moment comme celui-ci, son imagination fertile ne lui rendait pas service. Elle ne respirerait que lorsqu'elle aurait eu des nouvelles de Dante.

Se plaçant face à un miroir, elle dénoua le turban et sécha méticuleusement ses cheveux avec la serviette.

Elle venait de se saisir de la brosse quand la porte s'ouvrit à la volée.

Dante était debout dans l'encadrement de la porte, vêtu d'un pantalon militaire qui collait à ses hanches minces. La veste, tachée et maculée, avait dû connaître de meilleurs moments. Son visage était dans le même état.

Un intense soulagement envahit Béatrice et se propagea à son visage en un radieux sourire.

— Dante !

Elle ne l'avait pas encore rejoint qu'elle comprit que quelque chose n'allait pas.

— Es-tu blessé ? s'empressa-t-elle de demander. Il s'est passé…

— Pas mal de choses, apparemment !

Elle s'arrêta net, sentant la flamme de la colère sous sa voix glaciale. C'était une émotion violente qui l'alimentait.

— Je t'ai demandé de rester à l'abri, de te protéger, et toi, qu'as-tu fait ? Tu m'avais promis, pourtant !

Comme il franchissait les quelques mètres qui le séparaient d'elle, elle vit la veine qui pulsait à son cou.

— Je te faisais confiance pour t'occuper de toi et de notre enfant, reprit-il, domptant à peine sa colère, et qu'est-ce que je découvre ? Que tu as décidé de vous jeter, toi et le bébé, au beau milieu du danger, délibérément !

Elle ne connaissait pas cet aspect de lui, cette fureur froide.

Elle déglutit difficilement.

— La garderie, c'est ça ? Il n'y avait aucun danger.

— Tu aurais pu mourir, fit-il d'une voix blanche.

— On peut très bien mourir en traversant la rue.

— Je t'avais dit de faire attention à toi, riposta Dante.

— Et j'ai jugé que je ne risquais rien.

— Tu ne te rends pas compte que tu mettais notre enfant en danger ?

— Comment oses-tu ? cria-t-elle, se jetant sur lui les poings fermés, sans savoir si elle se révoltait contre son insultante accusation ou contre le fait qu'il se souciait bien plus du bébé que d'elle, comme toujours.

N'avait-elle pas été bien bête de s'illusionner, de croire qu'elle était plus que le moyen d'une fin et qu'il la considérait comme une personne, pas seulement comme un incubateur ?

En réalisant cela, elle s'immobilisa, haletante.

— Cet enfant est le tien aussi, il me semble. Est-ce que cela fait de toi un mauvais père que de t'être mis en danger aujourd'hui ? Non, cela fait de toi un homme qui a su accomplir son devoir. Eh bien, moi aussi, figure-toi, j'ai fait ce qu'il fallait ! Les femmes ne restent plus au foyer à attendre le retour du héros en tricotant des chaussettes. Et mon enfant n'a jamais couru aucun danger !

Dante était tellement choqué d'avoir imaginé Béatrice enfouie sous un tas de pierres qu'il n'enregistrait pas le sens de ce qu'elle disait.

— Si ce n'était pas pour le bébé, fit-il lentement, tu ne serais même pas ici.

Elle n'aurait donc pas vécu non plus cette situation à risque, songea-t-il. C'était le bébé qui l'obligeait à rester ici, il n'osait même pas imaginer que ce puisse être lui, qui n'avait pas été là pour elle au moment du danger, ni jamais. Pas plus qu'il ne l'avait été pour Carl.

— Les choses doivent changer, reprit-il. Ta sécurité est la seule chose qui compte. Tu dois passer en premier.

Béatrice vacilla, comme si Dante l'avait frappée.

Il voulait dire le bébé, bien sûr.

Elle ne put s'empêcher d'imaginer ce que ce serait de savoir que cette émotion sauvage et protectrice lui était destinée. Cela dura une seconde. Puis elle se sentit soudain vide. Vide de sens.

Certaines choses ne pouvaient pas changer. On ne pouvait pas forcer un être à vous aimer. Il était temps qu'elle affronte cette réalité.

— Il faut que je parte, Béatrice.

— Bien sûr, répondit-elle d'un ton las.

— Je dois aller à l'aéroport. J'ai des choses importantes à dire à mon frère avant qu'il s'en aille.

— Eh bien, ne t'attends pas à me retrouver quand tu reviendras, parce qu'ici, avec toi, je ne me sens plus en sécurité. Tu as raison, je vais protéger mon bébé

Elle avait parlé comme on tire une volée de flèches. Dante en avait-il ressenti l'impact ?

Elle l'espérait de tout son cœur.

Dante sortit de la voiture devant le terminal de l'aéroport, réalisant qu'il n'avait aucun souvenir du trajet. Ce n'était sûrement pas bon signe…

Il entra en courant, évita quelques officiels de l'aéroport qui se pressaient vers lui et tâcha d'ignorer un groupe de touristes partageant leurs expériences devant une équipe télé.

Il était arrivé à temps pour voir son frère…

Non. Il avait failli y arriver.

— Et ici, nous avons le prince héritier, qui était au cœur de l'événement, fit un journaliste entreprenant, lui tendant un micro. Diriez-vous que vous avez eu de la chance, monsieur ? Les bâtiments sont quand même solides, ici.

— Les gens aussi, fit Dante sans s'arrêter, talonné par le journaliste.

— Et maintenant, il va falloir reconstruire, non ?

Reconstruire.

Brutalement, il revit la scène avec Béatrice.

Non seulement il n'avait rien reconstruit avec elle, mais il ne lui avait fallu que quelques minutes pour saper les progrès accomplis.

Carl, qui travaillait sur son ordinateur portable, leva les yeux en le voyant entrer. Son frère referma son ordinateur et, marchant droit vers lui, le serra contre lui.

Dante lui retourna son étreinte.

— Merci pour tout, Carl.

Carl parut surpris de sa déclaration.

— Et pourquoi donc ?

— Pour être revenu. Et je suis désolé. J'aurais dû te parler plus tôt. J'aurais dû être là. T'aider.

Carl sembla tomber de la lune.

— Mais… Tu m'as aidé ! Et puis, tu es mon petit frère, je ne pouvais pas te charger de mes problèmes. Il m'a fallu longtemps pour accepter qui j'étais et décider de me jeter dans le grand bain. Je ne suis pas aussi audacieux que toi ! J'ai toujours été le plus calme de nous deux, celui qui baissait la tête pour éviter les ennuis.

Carl n'était pas tendre envers lui-même, songea Dante. En cela aussi il devrait imiter son aîné : il avait trop longtemps été indulgent envers lui-même.

— J'aurais dû sentir à quel point tu étais malheureux, Carl.

— Je n'étais pas malheureux, juste mal adapté et pas assez courageux pour trancher dans le vif. Tu n'y es pour rien. Heureusement, je suis heureux à présent avec Axel. Et, de ton côté, tout va bien aussi puisque Béatrice est revenue. Comment va l'héroïne du jour ?

— Je l'aime, déclara Dante d'une voix qui trahissait un sentiment d'urgence. Je l'aime… C'est donc cela qu'on ressent ? Oh ! Seigneur, j'ai été si bête…

— Tu lui as dit tes sentiments ?

— Elle mérite mieux.

— Mieux que quoi ?

— Mieux que moi ! Je suis un crétin égoïste !

— Peut-être a-t-elle un faible pour les crétins égoïstes, suggéra doucement son frère, souriant. En tout cas, je dirais que c'est à elle d'en décider.

— Que fais-tu ?

Béatrice sursauta et se retourna vivement, ses cheveux voltigeant autour de son visage.

Dante était appuyé au mur à côté de la porte.

Quand elle réussit à reprendre le souffle que la vue de Dante, comme toujours, lui avait coupé, elle se rendit compte que toute colère semblait l'avoir quitté, remplacée par quelque chose qu'elle ne comprenait pas mais qui lui parut explosif. Chaque muscle de son corps était tendu à l'extrême. Il ressemblait à une bombe à retardement.

— Je termine mes bagages, répondit-elle d'un ton neutre.

— Donc, tu t'enfuis ?

Elle se détourna pour cacher ses larmes.

— Pour l'instant, je change de chambre. Je ne suis sûrement pas classée dans les déplacements essentiels, donc je prendrai l'avion quand ce sera possible. Avant que tu ne m'étouffes sous tes injonctions et ton manque de confiance.

Il tressaillit.

— Je sais que j'ai dit des choses impardonnables, mais quand j'ai su que tu étais au cœur de la tourmente… Tout s'est figé en moi. J'ai ressenti la plus grande terreur de ma vie. En fait, je ne m'étais pas senti aussi mal depuis que nous avons perdu le bébé. J'étais tellement impuissant…

Elle écarquilla les yeux, sous le choc.

— Je voyais la douleur dans tes yeux, reprenait Dante, et je ne savais que dire. Je ne pouvais pas t'aider. C'était le sentiment le plus horrible de ma vie, de te voir ainsi malheureuse sans pouvoir rien faire. Je suis nul au niveau des émotions, je n'avais pas les mots… J'aurais dû trouver comment t'aider, mais je t'ai trahie. Cette fois, je refuse de te laisser souffrir. J'avais beau me jurer de m'occuper de toi, tout ce que je parvenais à faire, c'était te repousser !

— Je suis toujours là, fit-elle doucement, lui tendant les mains.

Il sonda son regard, l'air angoissé.

— Ne me quitte pas, Béatrice. Reste.

— Moi aussi, j'ai eu peur, murmura-t-elle.

— Mais tu n'es pas lâche. Tu es la personne la plus courageuse que je connaisse et, maintenant, le monde le sait aussi. Je suis fier de toi. Même si tu ne portais pas cet enfant, je t'aimerais.

Elle buvait chacune des merveilleuses paroles de Dante. Ses lèvres se mirent à trembler.

— Je t'aime aussi, Dante, balbutia-t-elle. Je t'ai toujours aimé, et je t'aimerai toujours.

Il prit ses mains, en approcha ses lèvres et les y pressa avec ferveur.

— Je t'aime, Béatrice. Je croyais que t'aimer, c'était te laisser partir, mais je suis incapable de m'y résoudre. Le choix t'appartient.

Se haussant sur la pointe des pieds, elle prit son visage entre ses mains.

— Je te choisis, toi. Je reste. Redis-moi ça…

— Que dois-je redire ?

— La seule chose qui compte, idiot ! Que tu m'aimes.

— Je t'aime, *cara* !

Elle l'enlaça, et ils se perdirent dans une étreinte passionnée qui les mena jusqu'au lit. Quand ils émergèrent enfin, pantelants, corps contre corps, leurs regards étaient toujours scellés.

— Je t'aime tellement, souffla Béatrice. C'en est presque un péché. As-tu pu joindre ton frère à l'aéroport, au fait ?

— Oui, il a pris l'avion avec grand-père, tout va bien.

— Et vous avez pu vous parler ?

— Oui, tout va bien de ce côté-là aussi.

— J'en suis si contente !

— Moi aussi.

— Quand l'avion de tes parents revient-il ?

— Pas avant quelques jours. Ils ont un peu retardé leur arrivée, le temps que la poussière retombe, fit-il avec un sourire sarcastique. Cela nous laisse le temps…

Le sourire de Dante avait pris une inflexion coquine, et elle se lova contre lui en soupirant de plaisir.

— Mais avant, reprit-il, il faut que je te passe un message de leur part : ils disent être très heureux de ton retour et pensent que nous devrions renouveler nos vœux de mariage.

— Tu plaisantes ? s'exclama-t-elle.

— Pas du tout, ils en seraient ravis, maintenant que tu es devenue tendance, avec cette photo de toi qui court sur les réseaux sociaux.

— Comment ? demanda-t-elle, écarquillant les yeux.

Il roula sur le côté pour sortir son téléphone portable et afficha une photo montrant une Béatrice aux cheveux d'or, en jean, au milieu d'une troupe d'enfants sur fond de poussière tourbillonnante. Les bambins étaient tellement captivés qu'ils levaient tous les yeux vers elle, sauf les deux plus petits qu'elle portait dans les bras. Les particules de poussière, prises dans un rayon de lumière, donnaient l'impression qu'elle était entourée d'une aura.

Le cliché dégageait une telle force et une telle émotion que le photographe n'aurait aucun souci à se faire pour la suite de sa carrière.

Elle détailla l'image, ahurie.

— Seigneur…

— Tu ne sembles pas ravie de ta nouvelle célébrité, *hashtag héroïneprincesse*.

Elle avait du mal à faire cadrer cette photo idéale avec la scène qu'elle avait vécue.

Dans la vraie vie, il y avait eu la poussière qui vous entrait dans la gorge, le bruit, l'urgence angoissante de faire évacuer tous les enfants de la zone dangereuse…

— C'est embarrassant. Je n'ai fait preuve d'aucun courage spécial. Je ne savais plus quoi faire pour les rassembler. C'était comme essayer d'évacuer un groupe de chats sauvages… Du coup, j'ai commencé à leur chanter des chansons que je connaissais pour les amener autour de moi.

— N'empêche que mes parents sont très impressionnés. Ils disent, et je cite, que tu es « un atout pour la famille ».

Soudain elle se sentit si en colère qu'elle pouvait à peine respirer, encore moins parler. Quand elle retrouva enfin l'usage de ses cordes vocales, ce fut pour s'exclamer, furieuse :

— Je ne l'ai pas fait pour la famille !

— C'est ce que je leur ai dit. Ils m'ont signifié que, quoi qu'il en soit, il était de mon devoir de sauver mon mariage.

— J'espère que tu les as envoyés bouler. Leur devoir, ils peuvent se le mettre là où je pense !

— Je n'ai pas utilisé ces mots exacts, mais c'était l'idée. Cependant ce qui est vrai, c'est que je déteste ma vie sans toi. Elle n'a pas d'âme, pas de pulsation. Je t'aime.

Le regard de Béatrice se porta sur le pouls battant à la base du cou de Dante, et elle vint y poser ses lèvres en un baiser humide.

— Parce que je suis un atout, c'est ça ? répondit-elle en souriant contre sa peau tiède. Ils ont vraiment dit une chose pareille ? Peut-être qu'on devrait les mettre au courant, pour le bébé…

Mais Dante ne réagit même pas à sa suggestion.

— Je ne sais pas si le cœur que j'entends battre est le tien ou le mien, dit-il doucement. Nous n'en avons plus qu'un. La vie sans toi ne vaut pas la peine, je me sens incomplet, j'ai un trou en moi de la taille d'une Béatrice… Lors de notre mariage, je ne savais pas ce qu'était l'amour. Mais tu me l'as enseigné. Je ne pourrai jamais en aimer une autre car nous sommes les deux moitiés d'un même tout.

Béatrice sentait des larmes de joie embuer ses yeux.

— Jamais je ne te quitterai, chuchota-t-elle quand il eut terminé. Je te choisirai chaque jour, Dante.

— Reste avec moi, sois ma femme, et permets-moi

d'être moi-même à tes côtés, même si pour le reste du monde je suis roi.

Elle noua les bras autour de son cou, souriant à travers ses larmes.

— Tu ne pourras jamais te débarrasser de moi, Dante Velasquez. Jamais !

Sur ce, une jeune bonne entra et les surprit passionnément enlacés.

Elle se retira promptement, rouge de confusion, et, une demi-heure plus tard, tout le palais savait que la princesse qu'ils adoraient était de retour pour de bon.

Il y eut un soupir de soulagement collectif, car tous savaient que ce couple-là était leur avenir.

Épilogue

— Je peux la tenir ? murmura Rachel Monk.

Debout devant les baies ouvertes qui donnaient sur un balcon couvert de fleurs, Béatrice sourit à sa mère et lui passa l'enfant.

Avec son petit chapeau coquet et ses talons qui mettaient en valeur ses jolies jambes, Rachel paraissait bien jeune pour une grand-mère.

En bas, la réception du baptême battait son plein sans affecter l'enfant qui dormait à poings fermés.

— Tu sais à quel point je suis fière de toi, Béatrice !

— Et moi de toi, maman.

Le travail de Rachel pour une association qui protégeait les femmes de relations abusives avait gagné l'admiration de tous. Toutes deux avaient su surmonter le passé.

— J'aimerais que ton père soit là.

— Oh ! je crois qu'il y est ! As-tu vu cette fossette sur son menton ? demanda Béatrice en regardant tendrement sa fille.

Tout le reste venait directement de Dante. Sabina Elsa serait une vraie beauté.

— Cette enfant est un miracle, fit une voix derrière elle.

Elle tourna la tête.

— Tu as failli me faire peur, tu ne pouvais pas t'annoncer ? rétorqua-elle en souriant à son mari, toujours aussi incroyablement beau. Mais tu as raison. Sabina est un vrai petit miracle.

Ils pleureraient toujours la mort de leur premier enfant, mais la venue de cette petite fille, sa sœur, venait rétablir un équilibre dans leur vie. Ils mesuraient leur chance et la savouraient chaque jour.

— Souriez, vous êtes filmés !

Maya, vêtue d'une minirobe d'un orange lumineux, venait d'apparaître, téléphone en main.

— Waouh, approuva-t-elle en regardant le résultat sur son écran, cette petite, je veux dire, ma filleule chérie, rend drôlement bien en photo ! Dante, ta mère aussi rend très bien, regarde ce cliché où elle regarde les fesses d'un serveur…

— Maya, efface-moi ça tout de suite ! cria Béatrice, horrifiée. On avait dit pas de photos non officielles.

— C'est Carl qui m'a donné l'autorisation, protesta sa sœur, et il a le rang de prince royal…

— Maya, tu es impossible. Efface.

Maya s'exécuta en riant, alors que Dante venait enlacer sa femme, posant la tête sur ses cheveux.

— Tu sais que les tabloïds auraient donné cher pour ce cliché, fit-il remarquer.

— Et c'est maintenant qu'il le dit ! répondit Maya d'un ton faussement plaintif.

Dante sourit largement.

Avait-il jamais été plus heureux ?

Doucement, il murmura quelque chose à l'oreille de Béatrice, adorant le fait qu'il puisse encore la faire rougir. L'adorant, tout simplement.

— Il y a longtemps, fit-il, je voyais ce palais comme une prison. Mais tu en as ouvert les portes, *cara*, et tu y as fait entrer la lumière. Grâce à ton amour, je suis libre…

— Oh ! ça suffit ! Trouvez-vous une chambre, lança Carl qui venait d'entrer.

Dans un tel palace, ils n'avaient que l'embarras du choix.

Les noces d'un cheikh, de Heidi Rice - N°4389

Comment sauver le haras familial de la ruine ? Pour Orla, la situation est si désespérée qu'elle accepte l'incroyable proposition de mariage du cheikh Karim. Après tout, cet homme qu'elle vient de rencontrer ne souhaite rien d'autre qu'une union de convenance, qui lui permettra d'hériter le royaume du Zafar et de contrer ainsi les sombres desseins de son père. En aucun cas il ne sera question de sentiments entre eux ! Raison pour laquelle Orla doit à tout prix ignorer le désir qu'elle ressent pour le prince, à son corps défendant…

Un Noël au haras, de Susan Stephens - N°4390

Dante Acosta est de retour ! Jess retient son souffle, tandis que l'hélicoptère de l'illustre joueur de polo survole la ferme familiale. Autrefois, tous deux ont échangé un baiser brûlant, avant que leurs chemins se séparent. Or, si Jess n'a jamais oublié ce doux moment, elle sait qu'elle doit se méfier de Dante. S'il est là aujourd'hui, en cette veille de Noël, ce n'est pas pour donner une suite à leur histoire inachevée, hélas, mais bien plutôt pour racheter les terres et les chevaux qui sont toute sa vie…

Promesse sur un yacht, d'Amanda Cinelli - N°4391

Quand elle était adolescente, Daniela Avelar rêvait en secret de Valerio Marchesi, le meilleur ami de son frère. Or aujourd'hui elle est furieuse contre lui. Comment a-t-il pu disparaître pendant six mois, lui abandonnant les rênes de l'empire de yachts de luxe qu'ils étaient censés diriger ensemble ? Durant son absence, elle a vécu l'enfer, chahutée par un conseil d'administration particulièrement hostile à son égard. Maintenant qu'elle l'a retrouvé, Daniela exige de Valerio qu'il assume enfin ses responsabilités, ce qu'il accepte de faire – à la seule condition qu'elle l'épouse…

Un patron si mystérieux, de Miranda Lee - N°4392

Lasse de sa vie nomade, Ruby aspire aujourd'hui à poser ses bagages. Le poste de gouvernante qu'elle vient de décrocher est la chance qu'elle attendait. Et puis, elle ne devrait même pas avoir à croiser son patron, un célèbre et mystérieux producteur toujours absent de sa vaste propriété de Sydney. Du moins c'est ce que pense Ruby, avant de tomber nez à nez avec Sebastian Marshall – l'homme le plus séduisant qu'elle ait jamais rencontré…

La belle et l'Italien, de Kate Hewitt - N°4393

Il respire le pouvoir, la richesse et l'arrogance. Et pour toutes ces raisons Liza ne supporte pas Fausto Danti. Aussi est-elle la première surprise par l'élan irrésistible qui la pousse dans les bras du milliardaire italien. Après une nuit de passion, comment nier l'évidence ? Bien qu'ils ne puissent se voir sans se livrer à une joute verbale, tous deux s'entendent parfaitement dans l'intimité d'une chambre ! Et ce lien charnel pourrait bien perdurer, si Liza accepte la proposition de Fausto de l'épouser…

Mariée à un duc, de Jackie Ashenden - N°4394

Pour toucher son héritage, Achille Templeton, duc d'Audley, doit répondre à deux clauses testamentaires : se marier et avoir un enfant. Un comble pour lui, qui mène une vie sans attache et collectionne les aventures sans lendemain. D'abord furieux, il finit par proposer à Willow Hall un mariage de convenance. La belle innocente, très attachée au domaine de Thornhaven sur lequel ils ont tous les deux grandi, sera sa meilleure alliée. Si toutefois il parvient à la convaincre de pimenter leurs noces de la manière la plus sensuelle qui soit…

**Retrouvailles à Blakeley Castle,
de Jessica Gilmore - N°4395**

Experte en relations publiques, Alexandra découvre avec stupéfaction que sa nouvelle mission l'a conduite à Blakeley Castle. C'est dans cette somptueuse propriété, domaine de ses ancêtres, qu'elle a grandi. C'est là aussi qu'elle est tombée amoureuse de Finn Hawkin, le fils du jardinier. Lorsque sa famille a été ruinée dix ans plus tôt, Alexandra a dû abandonner les lieux, son titre d'aristocrate… et Finn. Or voilà que ce dernier resurgit dans son existence sous les traits de l'actuel châtelain ! Leurs retrouvailles ne peuvent être le fruit du hasard : si Finn l'a embauchée, c'est nécessairement pour lui demander des comptes sur sa désertion !

Bal d'hiver au royaume, de Caitlin Crews - N°4396

SÉRIE : *LA COURONNE DE LA PASSION* - 2/2

Aveugle de naissance, Melody Skyros en a plus qu'assez de vivre dans l'ombre de sa célèbre famille. Ce soir, à l'occasion du bal de Noël d'Idylla, c'est elle qui sera dans la lumière, au bras de son nouvel époux, le prince Griffin. Hélas, bien que leur mariage ait été arrangé, elle mesure vite combien ce rôle royal lui sera difficile à tenir. Griffin est un homme auréolé de scandale et si outrageusement séduisant qu'elle craint de lui révéler l'émotion qu'il suscite en elle, alors qu'elle dissimule à tous depuis toujours sa nature passionnée…

L'héritier de Sacha Tsarakis, de Kate Summer - N°4397

SÉRIE : *LES TSARAKIS* - 1/3

Sacha. Ce prénom est gravé dans le cœur de Jo depuis cinq ans, depuis l'unique nuit qu'elle a passée dans les bras de son sublime Grec. Quel choc pour elle de le retrouver aujourd'hui sous les traits austères d'Alexandre Tsarakis, son patron ! Mais il y a pire encore : à la lueur dure qui brille dans son regard, elle devine que Sacha ne lui a pas pardonné de l'avoir quitté sans un mot d'adieu. Et Jo redoute plus que tout qu'il découvre son précieux secret…

Destinée à un prince, de Cara Colter - N°4398

SÉRIE : *NOËL ROYAL À CASAVALLE* - 1/3

Ébranlé par la révélation qu'il n'est pas l'héritier légitime du trône de Casavalle comme il l'a toujours cru, le prince Antonio Valenti se rend dans les Rocheuses canadiennes, résolu à retrouver sa sœur disparue. Mais alors qu'il séjourne au Crystal Lake Lodge, un hôtel à flanc de montagne avec une vue imprenable sur le lac et la forêt, il tombe sous le charme de la douce Imogen, propriétaire des lieux. Auprès d'elle, le fardeau de ses responsabilités lui paraît soudain plus léger. Au point qu'Antonio finit par se demander si cette femme si éloignée de son monde n'est pas justement celle qui lui était destinée…

La tyrannie du désir, de Jennifer Hayward - N°4399

Frankie est troublée : que lui arrive-t-il depuis qu'elle a intégré l'entreprise de Harrison Grant ? Elle ne s'est jamais montrée aussi peu professionnelle ! Dès leur première rencontre, elle a été à la fois distraite et intimidée par le charisme et le charme renversants de son nouveau patron. Seulement, c'est sa carrière qui est en jeu ; elle doit se ressaisir et prouver à Harrison qu'elle lui est indispensable. Reste pourtant à savoir comment résister à ce désir déroutant qu'il éveille en elle…

OFFRE DÉCOUVERTE !

Vous souhaitez découvrir nos collections ? Recevez **votre 1er colis gratuit* avec 1 cadeau surprise !** Une fois votre colis de bienvenue reçu, si vous souhaitez continuer à recevoir nos livres, cela se fera automatiquement. Vous recevrez alors vos livres inédits** en avant-première.

Vous n'avez aucune obligation d'achat et cette offre est sans engagement de durée !

*1 livre offert + 1 cadeau / 2 livres offerts pour la collection Azur + 1 cadeau.
Pour la collection Intrigues : 1er colis à 17,25€ avec 2 livres + 1 cadeau.
**Les livres Ispahan, Sagas, Gentlemen et Hors-Série sont des réédités.

☛ COCHEZ la collection choisie et renvoyez cette page au
Service Lectrices Harlequin – CS 20008 – 59718 Lille Cedex 9 – France

Collections	Références	Prix colis
❑ **AZUR**	Z1ZFA6	6 livres par mois 29,99€
❑ **BLANCHE**	B1ZFA3	3 livres par mois 24,45€
❑ **LES HISTORIQUES**	H1ZFA2	2 livres par mois 17,09€
❑ **ISPAHAN**	Y1ZFA3	3 livres tous les 2 mois 23,85€
❑ **PASSIONS**	R1ZFA3	3 livres par mois 25,89€
❑ **SAGAS**	N1ZFA3	3 livres tous les 2 mois 28,86€
❑ **BLACK ROSE**	I1ZFA3	3 livres par mois 26,19€
❑ **VICTORIA**	V1ZFA3	3 livres tous les 2 mois 26,19€
❑ **GENTLEMEN**	G1ZFA2	2 livres tous les 2 mois 17,35€
❑ **HARMONY**	O1DFA3	3 livres tous les mois 20,16€
❑ **ALIÉNOR**	A1ZFA2	2 livres tous les 2 mois 17,75€
❑ **HORS-SÉRIE**	C1ZFA2	2 livres tous les 2 mois 18,25€
❑ **INTRIGUES**	T1ZFA2	2 livres tous les 2 mois 17,25€

N° d'abonnée Harlequin (si vous en avez un) ___________

Mme ❑ Mlle ❑ Nom : ______________________

Prénom : ______________________ Adresse : ______________________

____

Code Postal : ______ Ville : ______________________

Pays : ______________________ Tél. : ______________

E-mail : ____

Date de naissance : ____

Date limite : 31 décembre 2021. Vous recevrez votre colis environ 20 jours après réception de ce bon. Offre soumise à acceptation et réservée aux personnes majeures, résidant en France métropolitaine, dans la limite des stocks disponibles. Prix susceptibles de modification en cours d'année. Vous pouvez demander à accéder à vos données personnelles, à les rectifier ou à les effacer. Il vous suffit de nous écrire en nous indiquant vos nom, prénom et adresse à : Service Lectrices Harlequin CS 20008 59718 LILLE Cedex 9. Service Lectrices disponible du lundi au vendredi de 9h à 17h : 01 45 82 47 47.